Josef Hafner, Oskar Weilhart

Die brotlose Kunst - Schauspiel in 3 Akten

Josef Hafner, Oskar Weilhart

Die brotlose Kunst - Schauspiel in 3 Akten

ISBN/EAN: 9783743630673

Hergestellt in Europa, USA, Kanada, Australien, Japan

Cover: Foto ©Andreas Hilbeck / pixelio.de

Weitere Bücher finden Sie auf **www.hansebooks.com**

Die brotlose Kunst

Von denselben Verfassern erschien im Verlage von
E. Pierson in Dresden:

Keine Sühne. Schauspiel in 5 Akten. 1897.
Der Frauencongreß. Drama in 5 Akten. 1898.

Die brotlose Kunst

Schauspiel in 3 Akten

von

Josef Hafner u. Oskar Weilhart

Leipzig
Georg Heinrich Meyer
1899

Dem Dichter

Michael Georg Conrad

in aufrichtiger Verehrung gewidmet

Josef Hafner
Oskar Weilhart

Wien, im Juli 1898.

Personen.

Hans Wengler, Dorfschullehrer.
Anna, seine Frau, Arbeitslehrerin.
Fräulein Hedwig Ellert, Lehrerin.
Johann Doppler, Schwiegervater Wenglers, Bauer und
                Gemeindevorsteher.
Adolf Reiser, Agent.
Volk und Kinder.

             Zeit: Gegenwart.
Ort: 1. und 2. Akt: Ein Dorf in Oberösterreich.
             3. Akt: Großstadt.

Wir legen zum Unterschied von anderen Dramatikern auf eine peinlich detaillierte Bestimmung des scenischen Milieus keinen besonderen Wert, weil wir wissen, daß dies erfahrungsgemäß einesteils überall von nicht vorauszusehenden Verhältnissen, die bei jeder Bühne wieder andere sind, abhängen muß, anderntreils, weil wir dies auch für einen unnötigen Eingriff in die Domäne des Regisseurs sowohl, als in die Freiheit der dramatisch selbständigen Auffassung eines Bühnenwerkes seitens des Schauspielers halten, für einen Eingriff, der gewiß der Wirkung eines dramatischen Werkes in vielen Fällen wenig vorteilhaft war.

Erster Akt.
Einfaches Zimmer.

Erste Scene.

Wengler am Schreibtisch; seine Frau nähend am Tische.

Anna.

Hans, hast Du bald Zeit für mich?

Wengler.

Fertig! Der letzte Takt!...
(Bei diesen Worten steht er auf, geht zum Klavier und spielt einige Akkorde.)

Anna.

Hans!

Wengler (unwillig).

Aber... gleich! Höre Dir doch mal diese Stelle an. Sie ist aus der Ouverture zum „Götzen=bild"... wie alle Instrumente zusammenklingen — gleichsam eine Riesenharfe...

Anna.

Ich versteh's ja doch nicht.

(Wengler beginnt das Spiel von neuem.)

Anna (für sich).

Wie er wieder dasitzt ... ganz außer sich, die undankbaren Noten und Töne im Schädel, statt zu denken, wie er Brot für morgen schafft. (mit einem Blick auf den Notenschrank.) Verbrennen möcht ich ihm das ganze Zeug ... Du, Hans, was soll denn das wieder heißen?

Wengler (während des Spieles.)

Was?

Anna.

Was Du da wieder zusammenspielst?

Wengler.

Ich sagt' es ja eben.

Anna.

Ich hoff mir nichts davon.

Wengler (aufgebracht, das Spiel unterbrechend).

Wie das in die Seele schneidet! Ich sitze stundenlang da, denke und denke und wenn ich die Idee gefunden habe, wenn ich frohlocke, wenn ich fieberhaft arbeite, so schmähst Du ... nennst meine Arbeit rappeliges Zeug. —

Anna.

Weil Deine Kunst recht lächerlich ist.

Wengler.

Lächerlich?! Wie Du nur dazukommst, solches zu behaupten!

Anna.

Hab's ja oft genug anhören müssen. Der Pfarrer sagt's, der Meßner lacht Dich aus . . . Ein Schul=meister Opern komponieren! . . . Messen sollst Du schreiben für den Kirchenchor, oder Tanzstücke für Bauernhochzeiten. So was ist doch an den Mann zu bringen . . . Das läßt sich abschreiben und auf=führen.

Wengler.

Das ist ein Gerede, Anna, das mich für den Augenblick ärgert, aber nie entmutigen kann. Euch sollen die Augen aufgehn, wenn ich vor dem Ziele stehe . . . wenn Euch das Urteil der Kenner über=zeugt: Der ist ein Meister, der gehört in die Welt, der darf mit seinen Werken nicht verderben unter dem Bauernvolke.

Anna.

Sei froh, daß Du hier das warme Nest hast . . . aber das ist Dir zu wenig. Deine Stellung ist Dir nichts, ich bin Dir auch nichts, (weinerlich) mich duldest Du nur an Deiner Seite . . . wenn so ein feiner Herr Kollege aus der Stadt kommt, um Dein Spiel anzuhören, möchtest Du mich am liebsten davonjagen ... (weinerlich) da siehst Du mich an und die Thüre, weil Du Dich meiner schämst.

Wengler.
Anna! Du treibst es heute wieder arg.

Anna.
Da muß ich davonschleichen, als wär ich als Bettlerin in Deine Stube gekommen ... Dafür aber wird Deine liebe Kollegin geholt, das Fräulein. Die ist recht für die Herren, die darf dann auch mit ins Gasthaus: mit Euch kegeln, Karten spielen, singen ... S' ist schon recht, Hans!

Wengler.
Bist Du nicht jedesmal freiwillig gegangen? Ich rief Dich, stellte Dich vor als meine Frau ... Du aber sprachst nie ein Wort. Redete wer mit Dir — Du brachtest Deine Antwort nie zu Ende. Du glaubtest immer aus den fröhlichen Mienen der Menschen Spott zu lesen und liefst von uns weg, wie ein schüchternes Kind.

Anna.
Und wenn sie Dich dann fragten, was ich hätte, dann hieß es bei Dir: „Keine Umgangsformen!" Ja, ein so armes Ding ist bald gerichtet, wenn man seine Mängel bespricht und die Vorzüge verschweigt. Ich hatte dazumal noch etwas: eine *gute* Seite.

Wengler.
Den aufopfernden Fleiß.

Anna.

Du weißt es, aber Du achtest alles gering, was von mir kommt. Ich konnte mir die Finger blutig nähen für Dich, Du hattest keine Anerkennung. Wo kamen die hartverdienten Kreuzer hin? Konnten wir etwas nachschaffen im Haus? Kein einziges Stück seit vier Jahren . . . als der Überzug vom Sofa hin war, bat ich Dich, aus der Stadt einen passenden mitzubringen . . . Du nahmst das Geld von mir, aber statt des Stoffes brachtest Du wieder so einen Papierfetzen nach Hause.

Wengler.

Kienzls „Evangelimann."

Anna.

Meine Freude war verdorben. Ich wollte, daß wir es sauber hätten im Hause . . . ich dachte an Dich und Deine Gäste . . . Sie sollten, da ich sie doch nicht unterhalten konnte, Dein Heim behaglich finden.

Wengler.

Ich pfeif Dir auf diese Behaglichkeit . . . wir werden es noch ganz anders bekommen!

Anna.

Ja, aber jedenfalls noch schlimmer; denn weißt Du was, Hans, ich werde für Dich keinen Finger mehr rühren . . . (verzweifelt.) Ich thu gar nichts mehr!

Wengler (zuredend).

Aber Anna!

Anna.

Soll ich wieder von vorne anfangen, die hart=
verdienten Kreuzer zu sparen, damit Du dafür be=
zahlen kannst, daß man sich Deine Sachen anhört.
(mit schwerem Vorwurf) Ist das nicht eine lächerliche
Kunst, die man andern aufdrängen, für die man be=
zahlen muß. Die einem das Brot vom Munde
wegstiehlt. Zu der soll ich ein Vertrauen haben?
Laß mich mit dieser Kunst aus, Hans!

Wengler.

Anna, ich weiß, es ist Dir um Dein Geld —
es ist auch keine Kleinigkeit, ein paar hundert Gulden
mit der Nadel zu verdienen! Wenn es schon aus=
gegeben sein mußte, so wolltest Du für Deinen
Fleiß etwas vor Augen haben, was Dir eine stille
Genugthuung wäre . . . eine schöne Zimmerein=
richtung . . . oder einen bescheidenen Schmuck für
den Sonntag . . . so was wolltest Du für Dein
Geld . . . Verzeih mir, Anna, daß Dir diese Freude
nicht geworden, aber ich versprach Dir ja . . .

Anna.

Das alles später zu schaffen — aber es kam
nicht. Als man Deine letzte Arbeit, die Rhapsodie
aufführte, setzten wir die letzten fünfzig Gulden
daran . . . Mir war schwer genug zu Mute, aber
ich klagte nicht. Mit meinem Segen zogst
Du aus dem Hause . . . Ich betete, Hans . . . ich
wollte den Erfolg vom Himmel für Dich herab=
flehen . . . Das waren Stunden! Mitten in der
Nacht bin ich vom Lager auf . . . Zitternd stand

ich vorm Fenster und sah auf die Straße, sah nach Dir aus . . . „Heut bringt er das Glück, die Erlösung" . . .

Wengler.

Wie Du mir in das Herz greifst! . . . Anna, sei mein gutes, vertrauensseliges Weib!

Anna.

Du kamst ja nicht leer . . . Deine Freunde hatten Dir ein Kränzlein gewunden und in dasselbe flochtest Du Deine schönen Hoffnungen, den süßen Betrug des ganzen, vollen Erfolges . . . dann kamen die Zeitungen, Blätter und Blättchen: „Wenglers Rhapsodie hat dramatische Kraft . . . ein hoffnungsvoller Künstler . . ."

Wengler (unterbrechend).

Und dabei blieb es, willst Du sagen. Das Geld kam nicht; der Lohn blieb aus. Aber die innere Befriedigung, das alles bestätigt zu finden, was ich fühlte, was ich mir selbst mit Überzeugung sagen konnte . . . siehst Du, das ist was für den Künstler —

Anna.

Könnt ich davon zehren, hätt' ich das in mir, dann wollte ich ja nicht klagen. Aber das kannst Du von mir nicht verlangen.

Wengler.

Haben wir Nachsicht miteinander! Aber Du darfst nimmer sagen, daß ich Dich geringschätze, in

den Augen meiner Freunde klein mache . . . Hab'
ich mir ein bißchen Untreu vorzuwerfen, so ist es
meine Kunst, die sich zwischen Dich und mich stellt,
die mein liebes Weib auf Augenblicke zu verdrängen
sucht. Ganz kann ihr das nicht gelingen. Du
sollst nicht vor der Thüre stehen ihrethalben. Wenn
sie Dich traurig macht, will ich Dich holen . . .
Dir die Thränen von den lieben Augen küssen . . .
(er drückt sie an sich) Anna, sei wieder gut!

Anna.

Du weißt ja nicht, was die Leute reden, weil
Du nicht unter ihnen bist . . . Ihren ganzen Groll
schreien sie mir hinauf — und erst der Vater . . .

Wengler (erzürnt).

Wie Dir der am Herzen liegt!

Anna.

Ja, wenn man immer kommen und anklopfen
muß . . . betteln im Elternhause.

Wengler (drohend).

Anna!

Anna.

Ich gehe aber jetzt auch nimmer hin, kommt es
noch so weit mit uns. Es immer und immer an=
hören zu müssen: „Die brotlose Kunst, die brot=
lose Kunst . . . die macht Euch hochnasig, die bringt
Euch ins Elend . . . (weinend) Hans, das kann
ich nicht mehr!

Wengler.

Hat er uns je etwas gegeben?

Anna.

Ach, Gott! Du weißt ja nicht . . .

Wengler.

Das also ist's. Nun versteh ich Dich. Komm her, Anna, jetzt bin ich Dir aus ganzem Herzen gut . . . ich werde Dich frei machen . . . ich werde Deinen Vater bezahlen. Aber das kannst Du ihm sagen, daß ich unbeugsam bin, daß ich keine Tänze für Hochzeiten schreibe und keine Messen für länd= liche Chöre.

Anna.

Hans, er fordert ja das Geld nicht. Es ver= drießt ihn nur, daß Du Dich um ihn gar nicht kümmerst, daß Du an ihm mit förmlichem Gruße vorübergehst; er säh Dich ja gerne in seinem Hause, wenn Du —

Wengler.

In seinem Hause (mit Geste.) Nein! Ich habe die Belehrungen satt.

Anna.

Wenn er aber einmal kommen sollte, um mit Dir zu reden, dann bleib ruhig, ich bitte Dich!

Wengler.

Was hätte er mir zu sagen?

Anna.

Er will mich öfters an Deiner Seite sehen . . .

Wengler.

Ja!

Anna.

Du solltest mit mir doch öfters spazieren gehen.

Wengler (mit Nachdruck).

Also, ich vernachlässige seine Tochter?

Anna.

Dein Weib ... er glaubt, man wisse gar nicht, daß ich Deine Frau bin ... höchstens ...

Wengler (erregt unterbrechend).

Mein Dienstbote!

(Kleine Pause.)

Wengler (erregt).

Freilich, er meint es ja gut, der vortreffliche Herr mit seinem ausgeprägten Familiensinn ... Er will eine heilige Sache schützen, die Ehe ... weißt Du aber, was er im Begriffe zu thun ist? ... (gewaltig) eine Ehe zu brechen!

Anna (aufschreiend).

Hans!

Wengler.

Glaubst Du, ich hätte nicht bemerkt, wie ihr die Ellert anschaut, wie ihr hetzt gegen das arme Mädel, das mit uns in einem Hause lebt ... der sollte ich meine Thüre weisen, der, die Anteil nimmt an meinem Schicksal, wie kein zweiter Mensch? ... Nein, Anna, das geschieht nicht!

Anna.

Ich habe das nie von Dir verlangt.

Wengler.

Was hat Fräulein Ellert in diesem kleinen Neste? Sie ist wie eine Verbannte. Nicht mal ein ordentlicher Mittagstisch ist zu haben . . . keine Zerstreuung, keine Gesellschaft . . . rein nichts . . . Sie ist allein auf uns angewiesen. Das kleine Plätzchen neben uns beiden ist ihr Alles . . . das ist ihr doch zu gönnen . . .

Anna (beleidigt).

Sag' ich was?

Wengler.

Du darfst mit Deinem Vater nicht im Einverständnisse sein.

Anna.

Aber Hans!

Wengler.

Rein lächerlich! Wenn sie ihre Hefte neben uns beiden korrigiert, oder Noten in ein Buch einträgt, oder gar den Thee trinkt, das sollte was Unrechtes sein?!

Anna.

Ich sag' ja nichts mehr.

Wengler.

Ist mir auch lieber, Anna. Übrigens bist Du selbst schuld. Du gehst nicht mit, wenn uns Kollegen holen, Du schleichst sogar schon aus dem Zimmer, wenn das Fräulein kommt . . . das ist auf= fällig! Ich muß Dich für die Zukunft schon er= suchen . . .

Anna (gepeinigt).

Ich thu ja, was Du willst. Nur eine Bitte, Hans, mußt Du mir erfüllen. Kein Geld sollst Du mehr ausgeben für die Musikalien. Du hast jetzt genug. Hast ja die nicht alle durchgespielt. — Und den Gedanken, Dein neues Musikstück wieder drucken und aufführen zu lassen, mußt Du — ich bitte Dich — mußt Du aufgeben. So sparen wir die Kreuzer, brauchen fremden Leuten nicht zu kommen und ich kann dann wieder ganz Deine Anna, Dein treues Weib sein . . .

Wengler.

Mein einziger Wunsch!

Anna (ihn treuherzig anblickend).

Hans!

Wengler (küßt sie — dann kleinlaut).

Meine letzte Hoffnung soll ich aufgeben — —

Anna (enttäuscht).

Ach! (sucht sich loszumachen.)

Wengler.

So hör mich!

Anna.

Laß mich!

Wengler.

Anna! (Sie macht sich los und will weinend abgehen. An der Thüre trifft sie mit Fräulein Ellert zusammen.)

Wengler (rufend).

Anna!

Zweite Scene.

Fräulein Ellert.

So bleiben Sie doch, Frau Wengler! (Fräulein Ellert führt nun Frau Wengler bis zur Mitte des Zimmers, geht dann zum Klavier und blickt in die aufgesteckten Noten. — Anna macht sich zu schaffen.)

Fräulein Ellert (liest halblaut).

Ouverture zum Drama „Götzenbild."
Sie sind fertig? Herrlich! Das lassen Sie doch drucken.

(Kleine Pause.)

Fräulein Ellert.

Das müssen die Menschen hören! Nicht wahr, Frau Wengler, das muß gleich fort . . .

(Kleine Pause.)

Das muß hinaus in die Welt, zu den modernen Menschen.

Wengler (erregt).
Ich bitte Sie Fräulein! . . .

Fräulein Ellert.
Was, Sie wollen nicht? (entschlossen) Sie müssen . . . Sie haben mir versprochen, dieses kleine Nest in die Mitte der Erde zu rücken. Wissen Sie damals, als ich davon wollte . . .

Wengler.
Ich schäme mich — das waren leere Worte.

Fräulein Ellert.
Ach! Sie sind der Mann dazu, das zu erfüllen. Sie haben mit Ihrer Kunst meine Sehnsucht eingeschläfert, die große Sehnsucht nach der weiten Welt. Sie wissen nicht, wie unbändig es da drinnen tobte, wie alles in mir zitterte nach Freude, Lust und Leben . . . Sie haben mir mit ihren Tönen alles gegeben, was ich verlangte — Ihre Musik ist Befreiung, Erlösung!

Wengler (begeistert).
Fräulein Ellert! Anna!

Fräulein Ellert.
Unser kleines Nest liegt ja außer der Welt. Nicht einmal eine Landkarte zeigt es auf! Sie müssen aus dem Orte etwas machen . . . eine **geheiligte Stätte**, von der die Dichter träumen;

die man nicht betritt, ohne den Staub der Welt von den Füßen geschüttelt zu haben ...

Wengler.
Sie glauben an mich?

Fräulein Ellert.
O, Sie Zweifler! Wo wär' ich, wenn Sie mich nicht hielten? Einen Dienstboten in der Stadt würde ich lieber machen, als hier zu versauern.

Wengler.
Sie bleiben meinetwegen?

Fräulein Ellert (lächelnd).
Wie er nur fragt! Nicht wahr, Frau Wengler, beide gingen wir auf und davon, wenn wir i h n nicht hätten —

Anna.
Ach!

Fräulein Ellert.
Nur nicht kleinmütig, liebe Frau! Ein paar Mißerfolge hat jeder junge Künstler zu ertragen. Opfer an Zeit und Geld kostet's auch. Das ist ja so eine ganz moderne Steuer, eine echte und rechte Blutsteuer, die zum Himmel schreit, die aber jeder bezahlen muß heutzutage, der einen festen Platz erringen will. (Lächelnd.) Also keine Empörung im Hause Wengler!

Anna.
Wenn man's nur hätte!

Wengler.

Wir sind am letzten Knopfe!

Fräulein Ellert.

Oho!

Anna.

Schauen Sie nur, Fräulein, wie ärmlich es in unserer Stube aussieht. Nur das Notdürftigste steht uns zu Gebote. Und zur Armut haben wir noch den Spott.

Fräulein Ellert.

Ja ... das ist das Um und Auf aller kleinen Leute.

Anna.

Es könnt' anders sein.

Fräulein Ellert.

Und daß es nicht anders ist, das machen die geistigen Bedürfnisse; die kosten Geld, will man sie nur halbwegs befriedigen.

Wengler.

Dafür haben die wenigsten Verständnis!

Anna.

Nun ja, wenn man in einem Hause aufgewachsen ist, wo man mit der Bibel und ein paar alten Kalendern zufrieden ist, kennt man diese sogenannten geistigen Bedürfnisse nicht und kann sie auch bei anderen nicht begreifen ... das solltest Du mir gar nicht vorwerfen.

Wengler.

Thu ich das?

Anna.

Hättest Du Dich in unserem Hause genauer umgesehen, so wärst Du darauf gekommen, daß dort so etwas nicht zu holen war.

Wengler (bestürzt).

Aber nun!

Anna.

Mit ein paar hundert Gulden, scheint mir, lassen sich diese Bedürfnisse nicht befriedigen. Da mußt Du schon, wie Du das nennst ... „geistige Not" leiden ... Ja, Hans, das hättest Du voraussehen sollen.

Wengler.

Voraussehen? Berechnen, wie weit es langt ... Es ist traurig, daß ich kein Talent zum Mäkler habe. Aber, wenn ich überlege, wie damals, als ich in Euer Haus kam, die Dinge für mich lagen, so finde ich, daß ich ganz das Richtige traf, indem ich D ich wählte.

Anna.

Hans, kein unwahres Wort! Du hättest nicht — —

Wengler (unterbrechend).

Nicht heiraten sollen! Du weißt nicht, was Du mit diesen Worten in meinem Herzen anrichtest. Unsere Ehe ging an Dir bis heute eindruckslos vorüber . . . Du empfandest nie, nie, daß mich eine zwingende Gewalt an Dich kettete?!

Anna.

Ich meinte, Du hättest mich ein bißchen lieb.

Wengler.

Lieb . . . ein bißchen lieb? . . . Dazu braucht es doch keiner Ehe. Ein Zusammenleben beschränkt sich nicht auf Händedruck und flüchtige Küsse: es muß das ganze Leben ausfüllen . . . die Gegenwart, die Zukunft . . . ja bis zurück in die Vergangenheit.

Anna.

Du kommst immer mit Deinen Ideen!

Wengler.

Ich lasse mein Leben von ihnen leiten . . .

Anna.

Das Leben ist ganz etwas anderes, Hans, Du wirst schon noch dahinterkommen!

Wengler (scharf).

Du bist also nichts als Sklavin, Sklavin Deiner Sinne.

Fräulein Ellert (vermittelnd).

Herr Wengler!

Wengler.

Das thut mir weh!

Fräulein Ellert (zu Anna).

Sie sehen zu schwarz, gute Frau!

Wengler.

Das dankt sie ihren Eltern.

Fräulein Ellert.

Vertrauen Sie doch auf ihren Mann, Frau Wengler! Der karge Lohn, den sein Beruf abwirft, reicht freilich nicht für eine Familie; aber einst die Erfolge seiner Kunst . . .

Anna.

Einst!

Wengler.

Reden Sie nicht davon! Daran glaubt sie nicht . . .

Fräulein Ellert.

Frau Wengler, Sie sind doch eine fromme Frau und glauben an den Himmel.

Anna.

Der wird uns gut thun!

Fräulein Ellert.

Und so eine Kunst ist auch eine Verheißung, die man nicht verleugnen darf! Wir müssen an Ihn glauben, Frau Anna! . . . Aber ich hätte bald meine Neuigkeit vergessen: Der Inspektor ist im Dorfe.

Wengler.

Der Inspektor?

Fräulein Ellert.

Ich kam gerade vom Krämer mit dem Stempel zur Quittung; da stieg er durch den Schnee, halb erfroren . . .

Wengler.

Sprachen Sie mit ihm?

Fräulein Ellert.

Ja; er blieb stehen, obwohl ihn der Frost schüttelte. Er wird im Gasthaus übernachten und uns morgen besuchen. (Frau Wengler will abgehen.)

Wengler.

Wo willst Du hin?

Anna.

Die Schule kehren. (Geht ab.)

Dritte Scene.

Fräulein Ellert.

Sie ist doch eine gute Frau.

Wengler.

Aber unglücklich.

Fräulein Ellert.

Meinen Sie, daß es da kein Mittel gäbe?

Wengler (nervös).

Geld, Geld, Geld!

Fräulein Ellert (fragend).

Schließlich ließe sich das mit ein paar lumpigen Gulden ändern?

Wengler.

Wenn man sie hätte!

Fräulein Ellert (überlegend).

Nun — nun —

(Kleine Pause.)

Wengler.

Der Inspektor ist also hier?

Fräulein Ellert.

Da sollten wir doch hinüber.

Wengler.

Gesellschaft leisten (klopft lächelnd auf die Tasche). Es ist morgen der letzte.

Fräulein Ellert.

Herr Wengler, ich . . .

Wengler.

Nein, keinen Kreuzer mehr!

Fräulein Ellert.
Sie wissen ja . . .

Wengler.
Das muß nun aufhören. Ich gerate immer mehr in Schulden. Ich will aber heraus — muß heraus!

Fräulein Ellert.
Wie wollen Sie das anfangen?

Wengler.
Wie? Ich werde auf alles verzichten . . . auf die Vergnügungen, auf den Verkehr mit meinen besser situierten Freunden, auf die teueren Studien (schmerzlich) auf die Kunst!

Fräulein Ellert (erregt).
Herr Wengler!

Wengler.
Anders bringe ich das nicht zustande. Und ich muß mir den Alten, Annas Vater, vom Halse schaffen, sonst bricht alles zusammen: Mein Familienleben, Ehre und Überzeugung, mein Talent . . . sonst geh' ich einfach zu Grunde.

Fräulein Ellert.
Bei den jetzigen Verhältnissen werden Sie es selbst mit der größten Entsagung nicht weit bringen.

Wengler.
Ich werde mich vollständig ausliefern.

Fräulein Ellert.
Das heißt?

Wengler.
Ich will meinen Gehalt nicht mehr in meine Hände bekommen.

Fräulein Ellert.
Das Geld, das Sie verdienen?

Wengler.
Das schulde ich ja auf Monate meiner Frau und ihrem Vater.

Fräulein Ellert.
Ja, die Pädagogik ist eigentlich die brotloseste aller Künste. —

Wengler.
Nicht so — die meine — die meine nagt noch an ihrem Brote.

Fräulein Ellert (überlegend).
Sie dürfen sich nicht aufgeben. Aber heraus müssen Sie, da haben Sie recht! Helfen wir zusammen!

Wengler.
Das ist unmöglich.

Fräulein Ellert.
Aber im Einverständnisse mit ihrer Frau?!

Wengler.

Ein Verdacht.

Fräulein Ellert (aufgebracht).

Verdacht?! Zum Teufel mit diesen kleinen Leuten, die überall das Arge wittern. Die richten einen gewöhnlichen Menschen zu Grunde, einen Künstler martern sie langsam zu Tode.

Wengler (traurig).

So ist's Fräulein Ellert (bei den letzten Worten geht Wengler ans Klavier und schlägt ein paar Akkorde an).

Fräulein Ellert.

Prächtig! . . . Spielen Sie doch weiter!
(Wengler spielt. Anfangs leise, dann immer leidenschaftlicher, mächtiger; schließlich allmählich verklingend, die Harmonie in eine melodiöse Kirchenweise auflösend. Fräulein Ellert lehnt am Ende des Klaviers und lauscht sichtlich ergriffen dem Spiele.)

Wengler.

Nun?

Fräulein Ellert (sehr verändert).

Das darf nicht mehr so fort gehen! Sie müssen Mut fassen, letzten verzweifelten Mut . . .

Wengler.

Was meinen Sie?

Fräulein Ellert (sehr bestimmt).

Sie müssen fort von hier!

Wengler (erregt).

Fort?!

Fräulein Ellert.

Jetzt ist es mir klar. Während Ihres Spieles dacht' ich das zu Ende... darf ich...

Wengler.

Fräulein Ellert!

Fräulein Ellert.

Ich wage es. Lassen Sie mich ausreden. Sie sitzen nun schon an die sieben Jahre an diesem Orte fest. Sie mühen sich täglich in Ihrem Berufe ab und bringen es in Ihrer Stellung doch nicht vorwärts... Man beachtet Sie nicht. Sie leben sozusagen in einem offenen Grabe, in das zwar das Licht der Sonne fällt, in dem trostlose Wände Zeugen einer Riesenarbeit sind, die niemand hört... Man wirft Ihnen karges Brot in dieses Grab, damit sie gerade nicht verhungern, aber (mit großem Nachdruck), **man läßt Sie drunten!**

Wengler (fast schreiend).

Das ist Gift! Fräulein, hören Sie auf!

Fräulein Ellert (suggerierend).

Sie kommen immer mehr in die Tiefe. Bald werden Sie das Brot nimmer finden... ihr Werkgerät ist abgenützt... die Kraft erlahmt — und Sie sind begraben.

Wengler (sich wehrend).

Nein, nein!

Fräulein Ellert (entschlossen).
Raffen Sie sich auf, und fliehen Sie diese Grube!

Wengler (in heftiger Erregung).
Und die Menschen?!

Fräulein Ellert.
Die an Ihrer Grube standen, waren blind für Ihre Arbeit. Gehen Sie!

Wengler.
Mein Weib!

Fräulein Ellert.
Die ist nie in Ihre Tiefe gestiegen . . . Packen Sie zusammen!

Wengler.
Ellert! Sie sind ein gefährliches Weib!
(Geht in drohender Haltung auf sie zu.)

Fräulein Ellert (in unerschrockener Offenheit).
Weil ich Sie liebe, weil ich für Sie lebe, Wengler!

Wengler.
Nicht zu fassen! Und Sie wollen mich fort=
haben?

Fräulein Ellert.
Sie retten!

Wengler (packt sie krampfhaft an der Hand).
Wenn ich nun ginge . . . ginge mit felsenfestem

Vertrauen auf meine Arbeitskraft, auf meine Kunst und — (Kleine Pause.)

Fräulein Ellert.

Und?

Wengler (wild).

Ich sagte: „Komm mit!"

(Neue Pause.)

(Sehr leidenschaftlich.) Komm mit, weil ich Dich liebe!

Fräulein Ellert (fest).

So bliebe ich zurück! Keine Last soll ...

Wengler (ganz außer sich).

So? Sie wollen mich aller Mittel bloß — hinaus= jagen in das Ungewisse ... Sie hetzen mich in das Verderben, reizen mich zur Sünde. Sie sind so eine, die, einem dunklen Drange gehorchend, Auf= regungen sucht, an Schmerzen sich berauscht ... ein Dämon!

Pause.

(Dann neuerdings heftig.) Denken Sie an mein Weib; Sie fordern von mir einen Ehebruch.

Fräulein Ellert.

Verstehen Sie mich recht! Ich will Ihre voll= ständige Freiheit: Ich sage: daß ich dabei an mich nicht denke!

Wengler.

Gehen soll ich also, wie ein Dieb zur Nacht ... aller Mittel bloß mich durchbetteln ...

Fräulein Ellert.

Das sollen Sie nicht. Ich bitte Sie, hören Sie mich doch an! Ich ...

Wengler.

Was wollen Sie?

Fräulein Ellert.

Ihnen die volle Wahrheit sagen. Sie werden es hier zu nichts bringen, wohl aber Trauriges, Entwürdigendes erleben. Ihre Frau hat nicht die Kraft, noch länger auf Besserung Ihrer Lage zu warten. Sie fürchtet die Not wie ein Gespenst. Sie hört auf Ihren Vater, der sie zum äußersten treibt ... Eines Tages ...

Wengler.

Schweigen Sie!

Fräulein Ellert.

Wird sie gehen! ...

Wengler (sich vor den Kopf schlagend).

Ich werde rasend. —

Fräulein Ellert.

Dann haben Sie den Skandal, dann wird man mit den Fingern auf Sie zeigen ... alles nimmt die Partei Ihrer Frau, die Leute, die Behörden ... Sie werden allein stehen und das nicht ertragen können. Was dann? (Wengler schweigt.)

Fräulein Ellert.

„Einfach zu Grunde gehen", das wollen Sie sagen! So redet die Verzweiflung. Ich aber gebe Sie nicht auf. (begeistert) Ich stehe im Kampfe mit dem Schicksale, das Sie sich selbst bereiten wollen; ich fordere Sie auf: „Gehen Sie!"

(Pause.)

Nennen Sie mich nicht rücksichtslos, herzlos, da ich nicht an Ihre Frau denke und an Ihr Gewissen, Ihre moralische Rechtfertigung. Ich las irgendwo: der Schwächere, Unbedeutende muß im Falle der Notwendigkeit dem Starken, Bedeutenden geopfert werden . . . das muß wahr sein, da ich es fühle, da ich in diesem Falle das Recht auf meiner Seite sehe, wenn ich Sie auffordere, Ihre Frau zu opfern.

Wengler (schwach).

Ich kann nicht.

Fräulein Ellert.

Mut!

Wengler.

Ich sehe meinem Schicksal entgegen . . . ich kann nicht (kopfschüttelnd) nein, das kann ich nicht.

Fräulein Ellert.

Sie bleiben — Ich bin also in ihren Augen gerichtet?

Wengler (warm).

Sie lieben mich, Fräulein Ellert? (flehend)

Lassen Sie mich an Ihrer Seite ... Sie sind mein
guter Engel.

   Fräulein Ellert (trübe).

Bleiben??... Ich habe zu viel gewagt, ich
habe Ihnen mein Herz verraten. Ich bitte Sie,
vergessen Sie das. Entwürdigen Sie mich nie zur
schandvollen Dritten ... aber zur Seite stehen will
ich Ihnen, ohne auf Ihre Gefühle zu rechnen, ohne
Dank zu fordern, weil ich nicht anders kann, weil
ich muß ...

   Wengler (stürmisch auf sie zueilend).

Mein Alles! Fräulein Ellert, Sie haben mein
Innerstes aufgewühlt, ein heiliges Feuer in mir
entfacht ... Liebe! Liebe! und diese soll ich für
immer begraben, soll ich verschweigen ... (Will sie an
sich pressen, sie erwehrt sich.)

   Fräulein Ellert.

Ich gehe!

   Wengler (in wilder Leidenschaft).

Grausame!

   Fräulein Ellert (hoch aufgerichtet).

Meine Bedingung!!

Wengler (im stummen Spiel mit sich kämpfend, dann).
Gut, auch das noch!
(Wengler wirft sich auf den Stuhl neben dem Klavier,
  Fräulein Ellert sieht ihn groß an.)

     (Kleine Pause.)

Fräulein Ellert (für sich).

Gott schenke ihm Kraft!

(Neue kleine Pause.)

Herr Wengler!

Wengler (tonlos).

Ja!

Fräulein Ellert.

Ich wollte Ihnen vorhin, als ich mit meinem Rate kam, Geld anbieten . . . Weniges, mein Ersparnis . . . (Wengler macht eine abwehrende Bewegung).

Fräulein Ellert (fortsetzend).

Nun? Mit der geplanten Entsagung kommen Sie nicht heraus. Sie müssen Annas Vater thatsächlich bezahlen. Sie müssen wenigstens in Ihrem Hause unabhängig werden. Ich habe dreihundert Gulden ganz für mich, ohne Wissen meiner Eltern. Sie sind von meinem Gehalte. Es ist Ihnen bekannt, daß ich Kleider und Wäsche von meinen wohlhabenden Verwandten erhalte. So konnte ich mir im Laufe der Jahre dieses Sümmchen ersparen. Das nehmen Sie. Im Kleinen zahlen Sie mir's zurück . . .

Wengler.

Das ist unmöglich.

Fräulein Ellert.

Sie sagen es natürlich noch heute Ihrer Frau.

Wengler.

Das können wir nicht annehmen. Sie sind zu gütig, wahrlich ein Engel.

Fräulein Ellert.

Lassen Sie die Heiligen aus dem Spiele — das müssen Sie für sich selbst thun.

Wengler.

Ach!

Fräulein Ellert.

Sonst . . .

Wengler.

Sie drohen!

Fräulein Ellert.

Bin ich hier nicht mehr länger zu sehen.

Wengler (erschrocken).

Fräulein!

Fräulein Ellert.

Dies Opfer muß Ihre Frau bringen. Dies muß sie für ihren Mann thun, wenn sie nur einen Funken von Liebe für ihn hat . . . sie kann nicht anders.

Wengler.

Ja, wär' sie so wie Sie!

Fräulein Ellert.

Ach was! Sie hat Sie schon lieb. Sagen Sie Ihr es nur recht herzhaft ... es ist ja auch für sie besser.

Wengler.

Sie müßte es ihrem Vater verschweigen.

Fräulein Ellert.

Selbstverständlich. O, Sie werden aufatmen und sie wird froh sein ... Wenn Sie dann den Vater und die Buchhandlungen bezahlt haben, bleiben gewiß noch einige Groschen übrig. Damit könnten Sie Ihrer Frau eine kleine Freude machen ...

Wengler.

So viel Liebe! Fräulein, ich schlage ein — aber wir bezahlen, wenn meine Oper ...

Fräulein Ellert (unterbrechend).

Ja, ja ... Denken Sie jetzt wieder an Ihre Kunst, nicht an kleine Schulden.

Wengler (sich hoch aufrichtend).

Sie geben mir die Kraft wieder! Wenn meine Oper —

Fräulein Ellert.

Kopf hoch!

Wengler (fortsetzend).

Doch angenommen wird, dann ...

Fräulein Ellert (lachend).

Denken Sie an Ihren Gläubiger.

(Fräulein Ellert macht Miene zu gehen.)

Wengler.

Sie gehen?

Fräulein Ellert.

Zum Inspektor . . . es muß für ihn allein verdammt langweilig sein da drüben.

Wengler.

Freilich! aber empfehlen Sie mich. Vielleicht komme ich nach.

Fräulein Ellert.

Ja, kommen Sie nach. Ich werde Sie mit allem Eifer empfehlen (ab).

Wengler (sieht ihr mit sehnsüchtigen Blicken nach und seufzt in banger Resignation).

Ach!

(Dann geht er überlegend, anscheinend heiter auf und ab, bis seine Frau eintritt . . . Einige Sekunden.)

Vierte Scene.

Wengler (ihr freundlich entgegengehend).

Hast's wieder recht schön gemacht? Der viele giftige Staub . . .

Anna.

Der thut mir weh, aber was schadet das?

Wengler.

Das sollst Du nicht sagen. Anna, wenn ich nur wüßte, wie ich Deiner Trostlosigkeit beikommen könnte. Ein bißchen Lebenslust möcht' ich für Dich dem Himmel abringen oder irgend einem andern überfrohen Geschöpfe stehlen!

Anna.

Die kannst Du ja schaffen.

Wengler (verwirrt).

Ich?!

Anna.

Wenn Du nur einiges vom gewöhnlichen Menschen annähmest . . . die Natürlichkeit, die Sorge um das Alltägliche . . .

Wengler.

Immer nur das!

Anna.

So bin ich einmal. Das lernte ich in meinem Kreise. Da ist alles so innig verknüpft: Vater, Mutter und Kinder! Eines schafft für das andere. Da weiß man nichts von Eueren Rechten der Persönlichkeit . . . Da ist man sich gegenseitig bald zur Freude, bald zu Leide . . .

Wengler.

Wie Du heute sprichst.

Anna.

Ich habe wohl genug nachgedacht über unser sonderbares Leben. Du hast ja recht, ich blieb Dir vielleicht fremd, obwohl ich manchmal ahnte, was an Dir ist, . . . daß Du höher stehst . . . wenn ich aber zu Dir hinauf wollte, so verlor ich mich ins Traumhafte und verzagte . . .

Wengler (tröstend).

Aber Anna!

Anna (schmerzlich).

So'n Herr in sonniger Höh' sollt' halt öfters ein wenig niedersteigen.

Wengler.

Ich sage Dir immer, daß ich mich um Dich sorge . . . meinst Du, es ist mir einerlei, daß uns der Buchhändler klagte, daß wir die Gerichtsboten in das Haus bekommen.

Anna.

Die Gerichtsboten? Das hast Du mir noch gar nicht gesagt.

Wengler.

Das ist die natürliche Folge der Klage, wenn wir das Geld nicht erlegen.

Anna.

Was wollen die?

Wengler (herausstoßend).

Pfänden . . .

Anna (aufschreiend).

Pfänden! Uns etwas nehmen!

Wengler.

Es soll soweit nicht kommen, Anna . . .

Anna.

Da werden die Leute im Dorfe vor unseren Fenstern stehen . . . in unsere Stube drängen . . . Hans, das halt ich nicht aus, da muß ich davon, da kann ich nicht zusehen (schreiend) Vater! Vater!

Wengler.

So hör' mich doch — es kommt nicht so weit . . .

Anna.

Nicht leugnen!

Wengler.

Ich werde das Geld . . .

Anna (unterbrechend).

Das hast Du nicht . . .

Wengler.

Ich erhalte es.

Anna.

Woher etwa?!

Wengler.

Denk mal, Anna! Rat!

Anna (seufzend).

Ach!

Wengler.

Haben wir denn gar keinen Freund? Keine Freundin?

Anna.

Freundin?

Wengler.

Ja, ganz nahe —

Anna.

Du quälst mich.

Wengler.

Im Hause.

Anna (ins Leere starrend, plötzlich sehr heftig): Die Ellert!? (Wendet sich ab.)

Wengler.

So sei doch froh!

Anna (schmerzlich, krampfhaft).

Froh?! Froh?! Wenn mein bißchen Hoff= nung dahin ist . . . der Mut . . . die Lebens= freude . . . die hast Du hinter meinem Rücken verschachert (sie wirft sich aufs Sofa nieder, heftig weinend) das halt' ich nicht aus . . . das bringt mich um.

(Wengler geht auf sie zu und redet warm auf sie ein).

Wengler.

Sei verständig, Anna! Was ich Dir sagte, ist mir selbst noch neu . . . wenige Augenblicke, ehe Du kamst, machte das Fräulein uns das Aner=
bieten . . . Uns, Anna, Dir und mir.

(Kleine Pause.)

Siehst Du's nicht ein? Da ist kein Falsch da=
bei. Fräulein Ellert wird Dir's selber sagen. Du wirst doch nicht glauben . . . nein, nein, Du denkst nicht an Verrat . . .

(Er will ihr Haupt aufrichten.)

Anna.

Laß mich! Laß mich!

Wengler.

Verharr' doch nicht im Trotz! Wir erfüllen ein Gebot der Not, das ist nur Selbsterhaltung. Ich brauch das, Anna. Meine Zukunft fordert das. Was ist's denn, was ich von der Ellert nehme? Ein Häuflein Geld, nichtsnutziges Geld . . . von Dir aber will ich Liebe, Vertrauen, Einsicht . . . (flehend) zerstör' nicht das Glück! . . .

Anna (gebrochen).

Macht, was Ihr wollt . . . ich kann nicht mehr . . . Ruhe, Ruhe!

Wengler.

Du giebst uns auf?

Anna.

Mich, mich! Längst sollt' ich gegangen sein. Ich war die zweite und — konnte die erste nicht sein. Das Weib da drüben, das mit uns in einem Hause lebt, ist stärker ... die richtet Dich auf, ich kann Dich nur brechen (weint).

Wengler.

Das ist die alte Sache wieder, Deine unheil= bare Krankheit. (Bei den letzten Worten richtet sich Anna auf.)

Anna.

Unheilbare Krankheit?! Und bis heute kanntest Du dieselbe nicht genau. Doch ehe ich gehe, magst Du wissen, wie es in mir aussieht: Mein Herz war nicht reich und nicht arm, bevor ich Dich kannte. Als man mir aber ausrechnete, welch' großes Glück es bedeute, daß ich einen Lehrer bekäme, ward ich ein bißchen hochmütig und wähnte mich reich in meiner ersten Liebe. Ich sollte es ja so schön be= kommen. Ein armes Mädel, wünschte ich zwar nicht viel, aber etwas wollte ich für meine Liebe haben, denn ich meinte, dieselbe würde zur Gründung eines bescheidenen Glückes wohl hinreichen. Ich gab Dir, was ich hatte. Das wär' wohl genug gewesen für einen gewöhnlichen Menschen; für Dich war es nichts. Dir schwebten Deine Ideale vor ... Du hattest Dein Glück längst ausgeträumt, als Du mich zu Deinem Weibe nahmst. — Und Du hattest es ganz anders geträumt! Es nach Deinem Traum zu formen, war Dein Wille.

(bitter und vorwurfsvoll.)

Mit lachendem Munde hast Du mir immer gesagt, meine Seele stecke im alten Kehricht; Du müssest Sie töten und begraben und mir eine neue schaffen . . . und ich ließ das alles über mich ergehen. Mein Glaube war Dir nicht recht, auch den mußtest Du aus meinem Herzen reißen . . . Die Liebe zu meinen Eltern, mein unbedingter Gehorsam entsprang niederen Instinkten, die in mir erstickt werden sollten. Meinen Freunden und Freundinnen mußte ich die Thür weisen, denn sie waren unvernünftig wie ich selber . . . kein Umgang für einen **neuen, werdenden Menschen**. Und ich hatte keine Kraft zu widerstreben, in Deinem Willen ging ich unter . . . ich war nicht mehr ich selbst und meine Seele starb.

Wengler.

Anna!

Anna.

Du hast es ja so gewollt! Glaubst Du, daß das ohne Kampf abging! Ich betete, weinte, lehnte mich im Stillen gegen Deine Willkür auf, aber ich fand keinen Ausweg, (das folgende wie in einem hypnotischen Zustande) da wuchs in mir die Angst vor Deiner Stärke . . . Und wie mich die quälte, marterte, wie ich gegen dieselbe kämpfte, da sie meine Liebe zu Dir in mir ertöten wollte . . . (wie erwachend) Hans!

Wengler (erschrocken auf sie zugehend).

Es war mein bester Wille! . . .

Anna.

Siehst Du diese Angst ließ mich nie zur Ruhe kommen. Wie ein Vampyr zehrte sie von der Liebe . . . da hoffte ich, daß der verheißene Tag käme, an dem Du mir die neue Seele schaffen würdest (schmerzlich) aber ach! Für mich war keine Zeit. Die Kunst riß Dich von meiner Seite . . . Du stiegst in lichtere Höhen, wo das neue Leben offen vor Dir lag, mich aber konntest Du mitleidslos in meinen Erdensorgen verkümmern lassen — die Kunst! Die Kunst! Wer sich auf dieselbe **nicht** verstand, war nichts für Dich . . . wer sie begriff, Dein alles! (immer leidenschaftlicher) da kamen die Leute ins Haus, die Deinem Götzen fröhnten, die Dich dazu brachten, vor keinem Opfer Halt zu machen, die in ihrer Verblendung Dich hinrissen, mir **das** zu nehmen, was ich mir täglich durch meiner Hände Arbeit erwarb: **das Brot!!** So lernte ich sie **hassen** Deine brotlose Kunst und die Freunde, die Deine geistigen Bedürfnisse begriffen, konnten mir nichts sein als sinnlose Götzendiener.

Wengler (erschüttert).

Da sagtest Du kein Wort . . . So hast Du an Dir selbst gesündigt . . . Und ich . . . ich . . . hab das alles wirklich nicht gesehen, Anna! Ja, ja . . . ich trage die Schuld . . . Sei . . .

Anna (wehmütig lächelnd).

Sei gut, willst Du sagen . . . Du sprichst von

Versöhnung ... Hier hast Du meine Hand ...
Aber die Liebe, Hans ... das Vertrauen ...

Wengler.

Anna!

Anna.

Ist mit meiner toten Seele begraben ... ich habe nichts mehr für Dich. Verzeih mir Gott! Ich rede die Wahrheit ... nichts mehr für Dich! Aber — etwas habe ich in mir, was uns trennt... die Angst, die Furcht vor Deiner Rache!

Wengler.

Das ist sinnlos, Anna! Was sollte ich denn rächen? Um Verzeihung bitte ich Dich!

Anna.

Nun siehst Du, Hans, das thust Du jetzt — später, wenn der Erfolg das Glück zu Deinen Füßen niederzwingt, dann muß das Bewußtsein in Dir erwachen, daß E i n e war, die Deiner Gottheit nicht fröhnte, die ihr f l u c h t e ... die hätte kein Recht, a n D e i n e m n e u e n L e b e n t e i l z u n e h m e n. Die heutige Stunde würde sich herbeischleppen, an ihrer Seite ein Gespenst, die Rache, welche mich aus Deinem Paradiese mit flammendem Schwerte triebe (will abgehen, Wengler, der dies bemerkt, vertritt ihr den Weg).

Anna (mit zitternder Stimme).

Den Weg frei, Hans!

Wengler (sie in größter Leidenschaft in die Arme schließend).

Du bist mein ... Darfst nicht gehen! ... (in glühender Leidenschaft) Mein Weib — Anna — (Während dieser Worte tritt Fräulein Ellert ein; sie bringt ein Paket mit.)

Fünfte Scene.

Fräulein Ellert (lustig).

Bravo! Also einverstanden?

Wengler.

Sie hier?

Fräulein Ellert.

Ich bin nicht weitergekommen. Hier ist die Abendpost.

Wengler.

Ich danke. (Da es mittlerweile finster geworden, steckt Wengler die Lampe an.)

Fräulein Ellert (die das Paket auf den Tisch niedergelegt hat).

Also, was ist's?

Wengler (erregt).

Das ist nun alles vorüber. Ich kann das Geld nicht nehmen!

Fräulein Ellert.

Was?!

Wengler.
Wenn Ihnen ein Menschenglück heilig ist ... so ... (stockt.)

Fräulein Ellert.
Ich soll wohl gehen?

Wengler (hilflos).
Mein Gott!

Fräulein Ellert.
Ihre Frau willigt nicht ein? ... Frau ...

Wengler (dazwischen tretend).
Nein —

Fräulein Ellert (heftig).
Das sind Sie Ihrem Manne schuldig.

Wengler.
Sie hat ...

Fräulein Ellert (gereizt).
Das ist wohl Eifersucht!

Wengler.
Fräulein, Sie wollen für mich eintreten, mich retten ... das Geld kann hier nichts nützen ...

Fräulein Ellert (noch immer gereizt).
Eifersucht! So sind sie alle diese Puppen ... Diese Vater= und Mutterkinder ...

Wengler.

Schonen Sie mich! Ich habe an ihr ein Verbrechen begangen.

Fräulein Ellert (mit Überlegenheit).

Das wollen Sie gut machen, indem Sie entsagen, auf alles verzichten, was zu Ihren Lebensbedingungen gehört . . . Sie können Ihre Freunde aufgeben, Sie können auch mich vergessen, beleidigen, aus dem Hause treiben, alles entfernen, was zwischen Ihnen und diesem Weibe steht, aber wie wollen Sie denn das losbringen, was in Ihrem Blute liegt, was mit zwingender Macht Ihre Empfindungen und Gedanken meistert, den Willen bestimmt, den fleischgewordenen Willen nach Lebensfreude und Künstlerruhm?!

(Fest, mit Überzeugung.)

Dieser Wille trennt Euch! Er fordert ein Opfer . . .

Wengler.

Stille!!

Fräulein Ellert (prophetisch).

Dies Opfer . . .

Wengler (außer sich).

Das bin ich!! Nun wißt Ihr's! Ihr treibt mich in die Verzweiflung . . . Ihr jagt mich und hetzt mich! Ich sehe (schreiend) meine Kunst als drohendes Gespenst (will entsetzt der Thüre zu).

Anna (wendet sich zu ihm und ruft eindringlich).
Hans!
(Wengler steht still und sieht die beiden Weiber groß an.)
(Pause.)

Fräulein Ellert (warm).
Frau Wengler!

Wengler (rauh).
Fort! Gehen Sie! Sie haben das in mir großgezogen ... gehen Sie des Friedens halber!

Fräulein Ellert (ruhig).
Herr Wengler!

Wengler.
Sie meisterten dieses Haus ... Alles Ihr Werk!

Fräulein Ellert (glühend).
Und ich soll von meinem Werke gehen?!
(Kleine Pause ... Die beiden stehen sich einander prüfend gegenüber.)

Wengler (fest).
Sie können mir vertrauen.
(Fräulein Ellert mit letztem Blick auf ihn und Anna in großer Erregung ab.)
(Kleine Pause.)

Sechste Scene.

Wengler (wie zur Beruhigung).

Die Abendpost.

(Anna abgekehrt, am Sofa. Wengler hält das Paket gegen das Licht).

Wengler (lesend).

„Intendanz der Kgl. Oper" ... (Bei diesen Worten reißt er fieberhaft an der Verschnürung, greift in die Taschen nach einem Messer, läuft im Zimmer umher und sucht eine Schere. Frau Anna kommt langsam zum Tische und beugt sich über das Schriftstück. Wengler drängt sie fort und zerschneidet und zerreißt die Schnüre. Dem geöffneten Pakete entnimmt er ein weißes Blatt — Anna, die wohl erträt, um was es sich handelt, sieht ihm über seine Schulter auf das Blatt.)

Wengler (lesend, wie zerschmettert).

Dankend ab—gelehnt! (Hält sich am Tische fest, nach einer kleinen Pause.) Haben Ihr Werk einer genauen Prüfung unterzogen. Um Ihre Zukunft als Künstler ist uns nicht bange. Die großen Kosten der Inscenierung lassen uns leider an eine Aufführung nicht denken! Vielleicht könnten Sie die Scenerie beschaffen. 3—4 tausend Mark würden genügen.

(Wengler läßt das Blatt auf den Tisch fallen.)

Wengler (tonlos wiederholend).

Würden genügen ... 3—4 tausend Mark!
(Plötzlich aufschreiend) Anna, Anna! ... die Kunst

ist brotlos . . . (wie wirr) Ja, ja . . . das rappelige
Zeug!
(Nach diesen Worten greift er einen Pack Noten aus der
Sendung hervor, zerknittert sie wild und schleudert sie in
den Ofen.)

Wengler (unter grellem Lachen zu Anna.)
Schür Glut an! Mach Feuer! (Erneutes Lachen.)
(Im Hause fällt eine Thür schwer in das Schloß. Wengler
aufhorchend.)

Wengler.
Es fällt die Thür, die Ellert flieht! — — —
(Nach diesen Worten flackert im Ofen eine Flamme plötzlich
hell auf; Wengler richtet seine Blicke starr dahin, faßt
das Haupt mit beiden Händen und schreit auf:)

Wengler.
Es brennt! es brennt! (wankt und sinkt).
(Seine Frau eilt verzweifelt auf ihn zu, will ihn stützen.)

Anna.
Armer Hans!

(Der Vorhang fällt rasch.)

———

Zweiter Akt.

Zimmer wie im vorigen Akte.

Erste Scene.

(Wengler kommt aus dem Gasthause [nach der Nachmittagsschule] zurück; er tritt ein, ohne Gruß, legt ab, nimmt dann ein Buch, setzt sich aufs Sofa, schlägt das Buch auf, grübelt aber dann für sich hin, ohne im Buche zu lesen.)

Anna (beim Eintreten Wenglers scheu aufblickend).

„Endlich!" (nach einiger Zeit) Ich habe Dir das Essen kalt gestellt, Hans, wenn Du Hunger hast ... darf ich's Dir warm machen?

Hans.

Ich habe drüben gegessen.

Anna.

Drüben! Nun freilich, es ist ja der Inspektor da ... aber sagen hättest Du's schon können ... oder sagen lassen ... dann hätt ich nicht warten müssen.

Hans.

Ich bekomme Urlaub.

Anna (nichts Gutes ahnend).

Urlaub!

(Hans blickt sie vorwurfsvoll an.)

Anna.

Wenn Du noch Hunger hast, ich will Dir's warm machen ...

Hans (aufatmend, nimmt eine Cigarre aus der Brusttasche seines Rockes, zündet sie an).

Anna (geht zum Herd, macht ein kleines Feuer, das Essen aufzuwärmen, während dessen).

Wo bist Du denn die Nacht herum, wenn man fragen darf — bei dem Wetter, Hans!

Hans (höhnisch).

Bin ich Dir wohl abgegangen! Nun — ich war ja nicht weit.

Anna (erratend).

Beim Wirt haben sie gesagt, Du seiest nicht da.

Hans.

Weil ich es so wollte.

Anna.

Wieder eine Nacht kein Auge zugemacht ... Was Du Dir nur denkst! (Kleine Pause.) Bist Du meinetwegen fort? Du sagst nichts! Du bist also böse auf mich ... Hans, hab ich Dir das gethan?

Wengler (mürrisch).
Was?!

Anna.
Vielleicht darf man nicht davon reden?

Hans.
Es ist besser — ja (bestimmt) wenn Du nicht darüber redest!

Anna.
Ich bin schon wieder still!
Aber Du hast nicht recht, Hans, daß Du mich so behandelst ... büßen muß doch immer alles ich! Ich sitz die ganze Nacht im Bett und rauf mir das Haar und bring kein Aug zu und denk: wo Du bist, und was Du wieder anfangen wirst und wie das alles noch enden soll!

Hans.
Enden! Sonst weißt Du keinen Trost?!

Anna.
Trost? Ja möchtest Du nur einen von mir annehmen ... Von anderen Leuten bist Du bald getröstet. Ob aber das der richtige Trost ist?! Meinst Du denn, ich möchte Dich aufhalten, wenn ich wüßte, Du könntest das Große erreichen, was Dir vorschwebt! Glaub mir sicher, da wär ich die Erste, die drüber glücklich wär, die Dich aufmuntern möchte und aneifern!

Hans (auffahrend).

Du meinst, wenns einfach so ginge … so von selbst! Morgen berühmt! So ohne jedes Opfer!!

Anna.

Ja, so sag, was können wir noch für ein Opfer bringen?! Haben wir nicht das Letzte gethan? Gestern hast Du selbst gesagt, ich hätt' vom Vater nichts nehmen sollen. Und arbeit und verdien ich nicht für uns?? Die haben noch nichts für Dich gethan, die Dich immer so schnell trösten können … Sollen die ein Opfer bringen für Dich!! …

Hans (erregt).

Da drüben, Anna! Da ist eine! die das Opfer für uns brächte! Mach der Deinen Vorwurf!!

Anna (ausbrechend).

O, Hans! … Du weißt, daß ich dann geh!

Hans.

Ich frage Dich, Anna, sagst Du das nicht immer, wenn Du nicht recht bekommst?

Anna.

Ich wehr mich halt auch … wenn ich leben soll, wie das Stiefkind im Haus.

Hans.

Du drohst immer mit dem Letzten … Schau, wenn das wahr wäre, was Du gestern gesagt …

daß die Liebe und Dein Vertrauen für mich tot ist — dahin für immer . . . hast Du das nicht gesagt?!

Anna.

Ja, Hans!

Hans (fortfahrend).

Dann ist ja schon alles aus! Dann kann ich ja a u c h hinaus, wie ich will und wohin ich mag! Wenn Du mich nicht mehr liebst, dann bist Du ja schon gegangen, was hält m i c h dann noch?!

Anna.

Das hab' ich Dir sagen m ü s s e n, Hans! Weil Du mir gestern die letzte Hoffnung aus dem Herzen gerissen hast . . . und bei Gott, Hans, ich hab Dir die Wahrheit gesagt . . . ich hab Dir nicht gedroht! . . .

Hans.

Es ist also so!?

Anna.

Ja, aber ich habe Dich warnen wollen, noch einmal zurückziehn . . . zu mir! Willst Du das nicht?! . . . Was verlang ich doch von Dir: daß Du mich und Dich nicht ins Elend bringen, ins Verderben stürzen sollst . . . daß Du mit mir wieder glücklich wirst . . . Hans, und das willst Du nicht?!

Hans (schweigt, Anna setzt sich zu ihm, nimmt ihn bei der Hand).

Anna.

War das nicht eine Lehre für Dich gestern?! Für mich wars ein Hoffnungsstrahl... ein letzter ... nun mußt Du's doch selber einsehen!!

Hans.

Meine Kunst, sie war nichts... nichts... nur eitler Wahn!! Lüge!! Meinst Du's so, Anna?!

Anna.

Schau, nun kann ja alles wieder gut werden!...

Hans.

Meinst Du's so, Anna?!

Anna.

Wie ich's meine?! Du kannst sie ja haben Deine Kunst ... wenn Du schon willst ... nur soll sie nicht unser Unglück werden! ... Einmal versuch's und folge mir! Soviel Geld kannst Du Dir doch nicht verschaffen, wie Du für die Oper brauchst und mit Pfennigen, mit unsern blutigen Pfennigen ... was kannst Du damit ausrichten ... darum, Hans, sag mir, daß Du sie aufgiebst — Deine Pläne!

Hans.

Und wenn ich Dir das sage??

Anna.

Sieh', dann bin ich wieder glücklich!!

Hans.

Und ich?!

Anna.

Du auch!

Hans.

Und einen andern Weg giebt's nicht!? . . . Einen, wo wir beide glücklich werden? (Nimmt Anna zärtlich bei der Hand, sie etwas an sich ziehend.) Schau mir doch in die Augen!

Anna.

Ach Gott, Hans!

Hans.

Und hör mich!

Anna.

Ich weiß ja doch!

Hans.

Glaubst Du nicht an meinen Stern?!
Alle die armen Teufel, die dann die Götter der Menschheit geworden . . . haben sie sich nicht ans Ziel gearbeitet?!

Anna.

Nein, ich weiß das nicht . . . wie viele sind zu Grunde gegangen!

Hans.

Weil sie zurückgehalten wurden! Weil sie erlahmten . . . aber die andern! . . .

Anna.

Ja, nach dem Tode, Hans . . . aber so lange sie lebten! . . .

Hans (flehend).

Halte mich nicht zurück, Anna! Halte mich nicht! Und dann, weißt Du denn, ob Du mich zurückhalten kannst, ob Du es darfst . . . denke, wenn Dir Dein Gewissen einmal sagen würde, daß Du dem Menschen, dem Du gehörst, Dein Herz, Deine Liebe . . .

Anna.

Ja, das soll Dir gehören, Hans! . . . Aber hast Du an das gedacht . . . wenn Du wirklich den Weg gehst und das Ziel **nicht** erreichst . . .

Hans.

Daß Du immer das sagen mußt, wenn ich es nicht erreiche!!

Anna.

Wenn Du das einmal sehen solltest, und Du hättest dabei auch mich verloren, weil ich daran zu Grunde gegangen wäre! . . . frag da mal Dein Gewissen . . . was wär's denn dann!!

Hans.

Ach, Anna, warum siehst Du überall nur das Unglück und den Untergang!

Anna.

So ist es doch bisher immer gewesen!

Hans.

Muß es denn auch weiter so sein?!
Wenn man Ketten an den Füßen hat, wie kann man da hinauf?! Wer hinaufsteigen will in die Höhe, Anna... der muß Schwingen haben...

Anna.

Schwingen, Hans, wer soll Dir Flügel geben? Und wohinaus willst Du denn fliegen? Wer thut es für Dich, und wer kann es auch?!

Hans (feurig).

Die Freunde, die Menschen, die an mich glauben... und Deine Liebe, Anna... das sind die Flügel!!

(Kleine Pause.)

Anna.

Und das Geld, Hans, das Geld... die Not!

Hans (tonlos).

Die bleierne Not!...

Anna.

Das Geld ist doch alles!

Hans.

Ja, das ist alles... Und darum sollst Du nicht nein sagen, wenn wir einen Freund gefunden, der uns diesen Kerker aufmacht, damit wir hinaus können!

Anna.

Aus dem Kerker sagst Du?

Hans.

Ja! Nennst Du denn das Leben?! Ich sehne mich nach dem Sinne meines Lebens!

Anna.

Aber vor dem Ende, Hans, fürcht ich mich... ich seh den Abgrund!... Nimm das Geld nicht!!!

Hans.

Weil Du!

Anna.

Von der Ellert nicht!!

Hans.

O, ich weiß ja, wie Du denkst!

Anna.

Nein Hans, von Dir weiß ich ja wie Du bist, aber — kannst Du denn den andern Menschen so tief hineinschauen?!...

Hans.

Du meinst, wie Du mit Deinem Argwohn.

Anna.

Freilich, Du nennst das Argwohn, aber Gott weiß es, ich wollt' ja über die Ellert nichts sagen... aber das versteh ich besser... ein Weib, das Dir sein Geld geben will, weißt Du nur so... aus

Begeisterung . . . weil sie Deine Kunst liebt, wie Du sagst . . . so ein Weib . . . ich bitt Dich, Hans! Glaub mir: so ein Weib giebt es nicht!

Hans.

Da sagst Du's nun selber, das ist es, was Du nicht begreifen kannst! Meine Kunst! und daß sie ein anderer liebt!

Anna.

Ach Gott, Hans, denkst Du denn gar nicht?!

Hans (losbrechend).

O weiter wie Du . . . aber ich weiß ja, was Du sagen willst, was Dir auf der Zunge liegt: Ehebrecher!! sag's doch!!

Anna.

Nein, Hans . . . Nein! (sich auf ihn werfend) Sag das nicht! . . . Sieh, so bitt' ich Dich, Hans! Glaub mir . . . Du kennst das nicht! Nein! (nachdem er sie abgewehrt und sich losgemacht, indem sie zurückweicht) Du bist blind!!

Hans.

Blind! Weil ich Dir nicht nachgebe — weil ich mich Euerem Druck nicht füge! Ich weiß ja, was Ihr wollt! Ich soll verzichten, soll alles auf= geben, was mich stolz macht, was mein Glück ist, dann wär ich Euch recht . . . dann wärst Du zu= frieden und ruhig — dann wärst Du glücklich!

Und wenn auch ich dabei zu Grunde ginge . . .
aber überleg Dir's Anna, eh's zu spät ist . . .
Sieh,' ich hab ja früher nie daran gedacht, von
Dir zu lassen . . . Wie oft dagegen hast Du ge=
sagt: „Ich gehe!" und ich hab Dich zurückge=
halten . . . Warum? Weil ich glaubte . . . Du
wirst mich schließlich doch begreifen: meine Kunst
will hinaus! in die Freiheit! aus diesen Fesseln in
Licht und Sonne!!

Anna.
Und ins Verderben!

Hans (fortfahrend).
Aber wenn Du heute gehen willst, heute
kann ich Dich nicht mehr halten . . . dann ist es
zu spät — auch wenn es Dich später einmal reut!
(Kleine Pause, Anna schluchzt.)

Hans.
Freilich — wie kann ich Dich denn über=
zeugen . . . das kann ich Dich ja nicht fühlen
lassen, wie's da drinnen stürmt und drängt . . .
aber eines, Anna, solltest Du doch fühlen, die
Pflicht! Die Pflicht!

Anna.
Ja die Pflicht! Hast Du die für mich jemals
gekannt?!

Hans (fortfahrend).
Und wenn auch das nicht! . . . Das Elend
selbst stößt uns ja hinaus . . . Und sieh'! viel=

leicht ist es das, . . . wenn es meine Kunst nicht
ist . . . warum uns die Ellert helfen will . . .
weil sie **menschlich** fühlt mit uns! Weil sie
uns davor retten will, daß man uns die armseligen
Sachen da hinausträgt, und daß man uns **das**
nimmt, Anna, woran **Dein** Herz hängt.

Anna.

Das kannst Du so sagen, das geht Dir über
die Lippen.

Hans.

Kann ich das Schicksal aufhalten?!

Anna.

Was brauchst Du das fremde Geld! Hans! Ich
will dem Vater zu Füßen fallen! Hans, dieses
eine Mal wird er uns noch helfen, wenn Du . . .

Hans.

Wenn ich ihm . . . verspreche, daß ich nun der
Sklave sein werde . . . Aber das ist es . . . was
ich nicht will! . . . die Hilfe . . . die **mein** Stolz
von sich stößt! . . . die Gnade, die ich nicht
nehme!

Anna.

Du thust dem Vater Unrecht, Hans!

Hans.

Unrecht?! Weil ich ihn hasse, daß er es zuwege
gebracht . . . mit seinem Bauernstolz, daß Du nie
mir gehört hast, Anna! . . . Die Schuld kann er

mir nicht bezahlen! . . . Und ich brauche ja mehr
Geld, Anna . . . (höhnisch) fall ihm zu Füßen um
mehr Geld! Morgen will ich ja reisen! . . .
Willst Du mit, Anna? Hast Du Lebenslust?!

Anna.

Meine Lebenslust ist schon lange tot! . . .

Hans.

Tot! Ja tot. (Dumpf karikierend.) Hier kann
man nur sterben! Aber ich will leben, Anna! Nun
habe ich mich drei Jahre hinhalten lassen, immer
die Hoffnung und ihren Tod im Herzen . . . ist
das nicht Wahnsinn?! . . . Und darum, Anna, will
ich, daß dieser ewige Kampf sein Ende habe . . .
Entweder kannst Du auf meinen Weg, oder Du
kannst das nicht! . . . Wenn das . . . dann wirst
Du's selber einsehen . . . daß es besser ist . . .
wenn Du . . .

Anna.

Wenn ich meiner Wege gehe!!

Hans (langsam, eigentlich schweren Herzens).

Ja — so — ist — es — — Deinen Weg!

Anna (ringend).

Und daß ich Dich lieb gehabt, Hans, . . .
das ist Dir gar nichts?! Das ist Dir gar nichts
gewesen?!

Hans.

Ach, Anna! Liebe! Liebe! Was ist so eine Liebe wert!!

Zweite Scene.

(Bei den letzten Worten Wenglers ertönt ein leiser, doch deutlich vernehmbarer Schülergesang).

O seg=ne, Herr, die schö=nen Stunden,

die du zum Ler=nen uns ge=schenkt, die uns in

Lie = be hier ver = bun=den und Geist und

Herz zur Pflicht ge = lenkt.

J. Breuers „Liederbuch".

(Gleich nach der Beendigung des Liedes.)

Anna.

Die Schüler beten. Kommt der Inspektor da herein?

Hans.

Er hat sich von mir verabschiedet.

Anna.

Hat er Dir keine Hoffnung gemacht?

Hans.

Keine!

Anna.

Du wirst also nicht versetzt?

Hans.

Ich habe mich darum nicht beworben ... Eine Not ist wie die andere.

Anna.

Wenn's hier aber gar nicht mehr geht!

Hans.

Geht's anderswo auch nimmer.

Anna.

Du hast es auf das Ende abgesehen.

Hans.

Sei lieber still, wenn der Inspektor doch käme!

(Die Schüler gehen im Takt die Schulstiege herab. Man hört Fräulein Ellert „Halt!" kommandieren. Die Schüler stehn ruhig. Fräulein Ellert auf dem Schulgange: „Grüßt!" Die Schüler rufen „Guten Abend!" „Wir danken für den Unterricht!" Kurz darauf im Freien Lärm. — Wengler trommelt auf die Fensterscheibe, Anna beschäftigt sich am Herde, da fliegt ein Schneeball ans Fenster.)

Wengler.

Fratzen! Nicht einmal die Fenster sind sicher. (Bei seinen letzten Worten wird die Thüre geöffnet, ein weinendes Mädchen und ein Knabe tritt ein.)

Mädchen (weinend).

Grüß ... grüß Gott!

Knabe.

Grüß Gott!

Mädchen.

Bitt!

Knabe (die Hand erhebend).

Bitt!

Mädchen.

Bitt ... Der hat mir Schnee ins Auge ge= werst!

Wengler.

Ins Auge geworfen! Schrecklich!

Knabe.

Ja, ich bitt, weil sie mir einen Haubenstock nennt.

Wengler.

Macht weiter! sagt mir das morgen!
(Da die Kinder nicht gehen wollen, öffnet ihnen Wengler die Thüre.)

Wengler.

Haltet Frieden!

Fräulein Ellert (vor der Thür).
Sie entschuldigen.

Wengler.

Fräulein, bitte. —

Fräulein Ellert (tritt ein).
Ich habe einen Auftrag vom Inspektor und möchte mich desselben in Gegenwart ihrer Frau entledigen. Sie können nach Eintreffen des Aushilfslehrers sofort den Urlaub antreten, Sie brauchen auf das Certifikat, das bei der Behörde liegen bleiben soll, nicht zu warten.

Wengler.

Ich danke!

Dritte Scene.

(Auf dem Gange wird gerufen: Anna! Anna! Frau Wengler eilt zur Thüre.)

Anna.

Hans, der Vater!

Wengler (mit strengem Blick).
Da bleiben.

Wengler (öffnet die Thüre).
Sie wünschen?

Bürgermeister Doppler.
Meine Tochter!

Wengler.
Sie ist hier im Zimmer.

Doppler.
Komm daher, Anna!

Wengler.
Sie können meine Frau nur in meiner Gegenwart sprechen und zwar im Zimmer, nicht auf dem Gange, denn ich dulde keinen Skandal mehr!

Doppler (protzig).
Nun ja! (Geht einige Schritte ins Zimmer.)

Doppler (auf die Ellert zeigend, grob).
Gehört die da herein? Fräulein, Sie wissen, wo Sie Ihre Wohnung haben. Wegen Ihnen haben wir extra angebaut ... Hinüber!!

Fräulein Ellert (lacht).
Jawohl, Herr Bürgermeister, jawohl (ab).

Doppler (nachrufend).
Nur nicht so hoch hinaus, Putzgredl! Spitzen

und wieder Spitzen; Seide und Perlen (verfällt in den Dialekt) und dabei nix haben, nix fein, wie a aufgeriff'ne Lehrerin. Und so was leiden Sie in Ihrem Haus?! Die bringt an Unfried herein und nimmt den Segen mit fort!

Wengler.

Was wünschen Sie sonst noch?

Doppler.

Sonst noch was wünschen, hier ist nichts zu holen, außer Schulden und Schand. Die Leut' schreien herum, ich hätte meine Tochter ins noble Elend gsetzt . . . ich . . . ich . . .

Wengler.

Ersparen Sie sich das!

Doppler.

Ich, der Bürgermeister im Dorfe, hätt den größten Schuldenmacher . . .

Anna.

Vater!

Doppler (unbeirrt fortsetzend).

zu meinem Schwiegersohne. Da muß ein End heraus!

Wengler (nahe zu ihm hintretend).

Jawohl, Herr Bürgermeister.

Doppler.

Brav, brav ... Sie habn's der Putzgredl ab'glernt (Sucht ihn höhnisch nachzuahmen.) „Jawohl, Herr Bürgermeister!" — Aber Sie werden heut noch einen andern Ton finden, Sie werden noch herabsteigen von Ihren Stelzen, Sie Spornritter!

Anna.

Laß ihn gehn, Vater — es wird ja alles anders. Einmal noch (wirft sich nieder) einmal!

Wengler (drohend).

Anna!

Doppler.

Brotlos wird er!

(Er zieht ein Blatt Papier aus der Tasche und hält es Anna hin.)

Doppler.

Hier habt's, die gerichtliche Pfändung!

Wengler.

Schonen Sie uns!

Doppler.

Ha! Ha! Kommen Sie schon anders. Helfen Sie! Reißen Sie uns nochmals heraus, wollen Sie sagen! Ja ich lieb mein Fleisch und Blut, ich thät's der Anna zu Liebe, aber uns Bauern gehts selber schlecht genug, wir haben selber kaum zu leben!

Wengler (entschieden).
Ich verlange von Ihnen nichts!

Doppler.
So?! Wie denken Sie sich nachher die Geschichte? Wer hilft Ihnen denn sonst? Nennen's mir den. Sie haben keinen Freund im Dorf! Man lacht Sie aus — man

Wengler (mit schneidender Ironie).
Jawohl, Herr Bürgermeister!

Doppler.
Man spottet ihrer Hirngespinste. Sie sind schlechter dran, wie der letzte Bettler im Dorfe, der zu uns mit Achtung emporblickt, von dem wir wissen, daß er zu uns gehört! Sie sind uns fremd, Sie hausen hier, wie Leute einer andern Welt... Sie protzen mit Ihrer Gesinnung, Ihrer Weltanschauung, Ihrer Kunst...

Wengler
Das haben Sie wohl eingelernt?

Doppler.
Nein, den Kram trug meine Tochter in mein Haus, wenn sie —

Anna.
Sag's nicht, Vater!

Wengler.
Nur zu!

Doppler (heftig).
Für Sie betteln kam!

Wengler.
Sie schwingen die Peitsche! Vergessen Sie nicht, daß ich ein Mensch bin . . . Sie könnten mich weiter treiben, als . . .

Doppler (einfallend).
Mit den Gedanken waren Sie längst weit von hier. Sie essen nur von unserm Brote . . . (sehr erregt) aber ich sag Ihnen: Jetzt muß ein End heraus! So oder so! Wollen Sie sich nach uns richten, oder nicht?! Wir brauchen einen Lehrer nach unserm Sinne, keinen Empörer, der stolz und trotzig seine eigenen Wege geht . . . Versprechen Sie das, oder ich habe hier nichts mehr zu thun, ich hänge die Schandschrift an die Gemeindetafel! . . .

Wengler (nach starkem, innerem Kampfe).
Es muß sein! Erfüllen Sie Ihre Pflicht! Verachten Sie, was Sie nicht begreifen und retten Sie, was Sie retten zu müssen glauben! Sie kündigen mir die Gemeinschaft und ich will Ihnen offen antworten: Meine Gesinnung, meine Weltanschauung, meine Kunst sind Dinge, die uns thatsächlich trennen . . . mich und Sie — mich und die Dorfbewohner, mich und Ihre Tochter!!

Doppler (außer sich).
Ehebrecher! Gemeiner — —

Wengler.

Wer bricht die Ehe? So eine Ehe bricht!

Anna.

Vater, zu weit, zu weit . . .
Hans! Hans, Du bist ein Verräter!

Doppler (ergreift seine Tochter bei der Hand).

Anna, wir gehen! Heute wir, in wenigen Tagen er . . . Hinaus ins verdiente Elend!

Wengler (ekstatisch).

In die Freiheit!

Doppler (wendet sich an der Thüre nochmals zurück).

Gott wird den Hochmut beugen, den Frevel strafen!

Anna.

Komm, Vater! Es muß sein!
(Die beiden ab. Wengler geht ans Klavier, spielt mit Leidenschaft die Ouverture zum Götzenbild. Während des Spieles tritt Fräulein Ellert ein.)

Vierte Scene.

Fräulein Ellert.

Sie sind fort! (Wengler hat zu spielen aufgehört, streckt Fräulein Ellert, auf seinem Stuhle verbleibend, die Hand entgegen.)

Wengler.

Fräulein Ellert!

Fräulein Ellert.

Sie spielen Ihre Ouverture? Ja, für Sie beginnt ein neues Leben (sie ist bei Wengler angelangt, reicht ihm die Hand) Endlich!

Wengler.

Ja endlich — und es ist noch nicht zu spät!

Fräulein Ellert.

Nein! Aber Zeit — es ist Zeit, Herr Wengler! — — Sie müssen gleich fort von hier . . . Hier hab ich Ihnen das Geld (da Wengler keine Miene macht, es zu nehmen, legt sie das Täschchen auf das Klavier). Jetzt nehmen Sie's!

Wengler (hält sich die Hand vor die Augen).

Das Geld! Fräulein Ellert! — hängen Sie auch an dem Gelde?!

Fräulein Ellert.

Wie lange hab' ich das tot drüben liegen — was soll's mir? . . . Ihnen kann es helfen und das möcht ich sehn!

Wengler.

Ach, Fräulein Ellert! Was soll ich zu Ihnen sagen . . . Engel! . . . Aber Sie meinen vielleicht, es sei mir jetzt jede Last vom Herzen gewälzt, weil ich die da draußen habe . . . Das ist nur ein Stein . . . ich sage Ihnen, der größere liegt noch auf meinem Gemüte!

Fräulein Ellert.
Aber sind Sie nicht kleinmütig! . . . Es wird alles gut gehen!

Wengler.
Sie verstehn mich nicht! es liegt viel näher!

Fräulein Ellert.
Eines, Herr Wengler! Das bitt ich Sie: Reden Sie sich keinen Dank ein für mich, den Sie mir schulden sollten!

Wengler.
Einreden?!

Fräulein Ellert.
Ja! Ich weiß es doch, was man sich auf die Seele schraubt — das paßt nie gut!

Wengler.
Fräulein, wie denken Sie von mir?

Fräulein Ellert.
Recht gut, Herr Wengler! . . . Aber . . . was ich Ihnen sagen wollte . . . Vielleicht kommt Ihr Schwiegervater nochmals zurück . . .

Wengler.
Haben Sie keine Angst!

Fräulein Ellert.
Man weiß ja nicht, was solche Leute vorhaben, wenn sie rabiat sind.

Wengler.

Gut Fräulein, wenn Sie sich fürchten, schließen wir das Hausthor (Fräulein Ellert geht hinaus, man hört das Thor ins Schloß fallen).

Wengler (zuckt nervös zusammen).
(Als Fräulein Ellert eintritt.)

Wie diese Thür ins Schloß fällt! Es geht durch Mark und Bein! Wie in einem Kerker! Haben Sie schon ganz zugemacht?

Fräulein Ellert.

Ja . . . Es wär freilich noch besser, wenn Sie heute noch reisen würden. — Ich könnte Ihnen das Nötigste nachsenden. Man wird ein Gerede machen! Ich schlafe ruhiger!

Wengler.

Verlangen Sie d a s nicht! Ich kann nicht!

Fräulein Ellert.

Der Abschied von h i e r wird Ihnen doch nicht schwer fallen?!

Wengler.

Sie scheinen alles mit Ihrem guten Herzen gerichtet zu haben, haben Sie es auch mit Ihrem Verstande überschaut?!

Fräulein Ellert.

Den Verstand müssen nun S i e haben . . .

Wengler.

Ja — ja — aber, was glauben Sie denn?! Wenn Sie nicht gewesen wären... Meinen Sie, dann wär es auch so gekommen?! Sie haben an meinem Können nie gezweifelt, aber, was nützt es, mag das Können noch so groß sein, wenn man nur den Willen hat — aber nicht die Kraft! Alles zu thun, das Letzte! um sich durchzusetzen!

Fräulein Ellert.

Nun sind Sie ja so weit!

Wengler.

Aber ich bin nur durch Sie dahin gekommen!

Fräulein Ellert.

Weiter kann ich ja nichts mehr für Sie thun!

Wengler.

An meinem Künstlertum bin ich nie irre geworden — im Gegenteil — das war mir immer die Zuflucht aus dem Menschlichen, **aber als Mensch bin ich ruiniert**, diese Kräfte wurden mir hier erstickt... sehen Sie!... Die Ehe!... Diese letzte Fessel ist mir geblieben und wenn ich auch d i e s e Ketten zerrissen habe — sie hängen mir nach! Ich habe mir mit Gewalt den Weg zur Freiheit gebahnt... aber darum wird man mich auch verfolgen, wie den Fliehenden! ... Diese Ehe ist zusammengebrochen — Sie haben es mit angesehen, Fräulein, aber in d i e s e n Menschen ist das nicht tot, was sie selber gebrochen haben — — das sind Menschen, die nicht vergeben können, das Tote in sich werden sie nicht los, weil sie nicht vom Leben sind — nicht wissen, was Leben ist!!

Sie haben zu recht, ich habe mir's auf die Seele geschraubt . . . Die Liebe zu diesem Weibe! . . . Ich habe ehrlich Pflicht erfüllt und Pflicht erfüllt — bis ich nicht mehr konnte, **empfangen hab ich nichts** dafür!

Fräulein Ellert.

Sie wissen, wie ich für Sie fühle — freilich, das bloße Mitleid ist etwas Stummes — ich kenne das, Herr Wengler . . . ich möchte Sie ja trösten können!

Wengler.

Sie können es, Fräulein Ellert, Sie können es!

Fräulein Ellert.

Wie kann ich das?!

Wengler.

Sehen Sie, wenn ich nun hinausginge zu den Bauern — so bin ich nur der Ehebrecher, der Schurke, der sein Weib hinausgejagt hat und jeder möchte den nächsten Stein aufheben gegen mich . . . um mich zu züchtigen . . . und wenn es anderswo Menschen giebt, die mir das Mitleid nicht versagen, aber **die** werde ich nicht finden, die den Mut hätten, das auszulöschen aus meinem Leben . . . die mir eine neue Thür aufschließen möchten zum **Lohne** — weil ich ein Kreuz **abgeworfen**! . . . Menschen, die mirs durch ihre That anerkennen würden, daß es mein freies Recht war, daß ich den Mächten, die mich niederzwangen, widerstrebte . . . weil ich der sein wollte, der ich bin — ohne Lüge — ganz ehrlich und wahrhaft!

Fräulein Ellert.

So ist es, Herr Wengler!

Wengler.

Und das konnte ich nur durch Sie! Sonst hätte ich mich hinabgelogen zu den Leuten, die ich zu mir ziehen wollte. Und darum, Fräulein Ellert, gehe ich nicht von hier — ohne Sie!!

Fräulein Ellert.

Herr Wengler, was reden Sie!!

Wengler.

Ich kann nicht anders! (auf sie zugehend.) Nein, nur mit Ihnen!!

Fräulein Ellert.

Es ist ja nicht möglich!

Wengler.

Sagen Sie das nicht!

Fräulein Ellert.

Was fällt Ihnen ein, Herr Wengler!

Wengler.

Sie haben dieses Schicksal gemacht!

Fräulein Ellert.
Ach Gott!

Wengler.
Sie müssen mich verstehen, Sie sind die Einzige, die es kann.

Fräulein Ellert.
Keine Pflichten, Herr Wengler! Legen Sie sich keine neue Last auf den Rücken!

Wengler.
Wundert Sie das, Fräulein Ellert?

Fräulein Ellert.
Das hab ich nicht gewollt!!

Wengler.
Machen Sie doch keine kleinen Worte, wo wir Großes fühlen ... Ich habe Sie lieben gelernt! Ich liebe Sie!!

Fräulein Ellert.
Wengler!

Wengler.
Hedwig! Waren Sie sich darüber im Unklaren? Ich habe Ihnen das nie gesagt — auch die Pflicht hab ich erfüllt, das in mir niederzudrücken ... Aber das wußte ich, wie sich die Thüre schließen sollte, hinter denen ... dann ... ach, kämpfen Sie nicht mit sich! Sie haben vielleicht das nie gedacht. — — Sagen Sie mir, — ob

Sie mich nun verachten — — ach reden Sie — reden Sie nur ein Wort! . . . Sie brauchen es ja nicht gewollt zu haben, sagen Sie, nur ob Sie können, **können** Sie mich lieben?!

Fräulein Ellert (ringend).

Ach Gott, ach Gott . . . wissen Sie denn, ob Sie nicht . . . ob . . .

Wengler.

Hedwig! Hedwig! Sagen Sie's!!

Fräulein Ellert.

Ob Sie nicht lügen . . .

Wengler.

Sagen Sie's selber . . . kann ich jetzt lügen?!

Fräulein Ellert.

Wir Weiber fragen immer: Wie lange? wie lange? Ewig! Ewig!!

Wengler (sie an sich ziehend).

Meine Kunst und meine Liebe sind vom **selben** Herzen, Hedwig . . . Ewig, Hedwig! Ewig!

Fräulein Ellert.

Immer!?

Wengler.

Ewig!! (sie küssen sich lange).

(Wir geben zum nachfolgenden Spiel keine scenische Bemerkungen, weil es naturgemäß jedesmal Sache der schauspielerischen Improvisation sein wird, unsere Intentionen zu treffen.)

Fünfte Scene.

(Auf dem Ruhesofa neben dem Klavier.)

Hans.

Liebst Du mich? Sprich!

Hedwig.

Ach, reut's Dich nicht?!

Hans.

Ewig nicht, Süßeste!

Hedwig.

Komm, Liebster, komm und küsse mich!

Hans.

So lang Du willst. Hast Du es lieb?

Fräulein Ellert.

Ja komm!

Hans.

Wie bist Du anders!

Hedwig.
Denk nur an mich!

Hans.
Sieh', so kann ich vergessen!

Hedwig.
Wie schön das ist, wie schön!

Hans.
Das hast Du nicht gewußt?!

Hedwig.
Hier ist der Himmel!

Hans.
Hier war die Hölle!

Hedwig.
Bist Du nun froh?!

Hans.
Wie bin ich selig!

Hedwig.
Nun darf ich's glauben!

Hans.
Ich will Dir's danken!

Hedwig.
O sage, wie!

Hans.

Im Lied! Im Lied...

Hedwig.

Ja, Hans, im Lied — der Dank ist schön!
(aus Küssen erwachend):

Ach Hans, wie finster es schon wird!

Hans.

Du fürchtest Dich doch nicht?

Hedwig.

Die Nacht in diesem Haus!

Hans.

Ich schütze Dich! Ich bin bei Dir!

Hedwig.

Ja Hans!

Hans.

Ist's wieder recht?

Hedwig.

Ja, ja! ... Die Sonne geht hinunter!

Hans.

Willst Du es sehn? Gehn wir ans Fenster!

Hedwig (lächelnd).

Das ist das letztemal in diesem Thal für uns!

Hans.

(Sie gehn ans Fenster.)

Wenn sie wieder kommt, dann reisen wir, reisen wir ins Glück!

Hedwig (hinausweisend).

Die Berge! Sieh', da war ich oben! Da kann man mit den Sternen reden! (preßt die Stirne an das Fenster)

Hans.

Dir ist wohl heiß! (nimmt sie an der Schulter, drückt sie an sich.)
Sieh', morgen wird ein schöner Tag, ich fühl's Hedwig — so schön war die Welt noch nie! (sie vom Fenster wegführend.)

Hedwig.

Nie, Hans (küssen sich).

Sechste Scene.

(Es fällt ein Stein ins Fenster.)

Hedwig (schreit auf und faßt Wengler).

Wengler (weicht einige Schritte zurück).

Eine Stimme draußen:
I hab's gsegn!

gleichzeitig.

Hedwig.

Hans!

Eine Stimme draußen:

Da kommts her! Kommts! Da segt ses!

Stimmen:

Wo?

Die Stimme draußen:

Da! Bei dem Fenster a!

Wengler.

Jetzt hat er uns die Dorfburschen auf den Hals gehetzt!

Wengler (zu Hedwig, während sich draußen die Rufe fortsetzen).

Geh zurück! Ich werde sie vertreiben!

Hedwig.

Ich bitt' Dich Hans! (Es fällt ein zweiter Stein ins Nebenfenster) ich fürchte!...

gleichzeitig.

Stimmen draußen:

Jetzt hamers! Jetzt hamer Euch!

Wengler.

Bleib ruhig, es rührt mich keiner an!

Im Chor draußen:

Ehebrecher! Ehebrecher!

Wengler geht zum Bett, reißt den Revolver von der Wand, mit dem Revolver unerschrocken zum Fenster gehend.)

Wengler.
Wo sind die Werfer?!

Draußen.
Geht's weg! Er schießt!

Wengler.
Vom Fenster weg!!

gleichzeitig.

Draußen.
He, Herr Lehrer! wir haben Euch ja schon gsegn!

Wengler.
Ich sag es nicht ein drittesmal vom Fenster weg!
(schießt hinaus.)

Hedwig.
Hans, Hans, was fällt Dir ein!
(man hört wie Leute davonlaufen, entfernte Rufe:
Ehebrecher!)

Wengler.
Hörst Du es laufen, das feige Volk!

Hedwig.
Hans, fort! fort!

Hans.
Ja, Hedwig! (läßt den Revolver zur Erde fallen) fort!!

(Es fällt rasch der Vorhang.)

Dritter Akt.

Zwischen dem zweiten und dritten Akt liegt eine Zeit von 4 Monaten. Hotelwohnung.

Erste Scene.

Hans am Schreibtisch.
Hedwig kommt im Theaterkleide ins Zimmer.

Hedwig.

Es ist eigentlich eine Sünde, dieses teuere Kleid war unnötig.

Hans.

Wir sind vom Lande her gewöhnt, einen Feiertag durch das Kleid zu feiern... Du sollst Dich heute nur freuen!

Hedwig.

Ja, Hans! Heut' haben wir zwei allein einen Feiertag auf der Welt — den allerschönsten!

Hans.

Siehst Du! (küßt sie auf das Haar). Und wenn

Dich der Tag einmal zu einer Prinzessin machte, so müßtest Du auch gehn wie eine Prinzessin!

Hedwig.

Du! . . . Ich thue immer so — wie Du willst . . . Ich werde also in der ersten Reihe ganz vorne sitzen . . . Parkett, rechts 7 . . . O, Hans!

Hans.

Und Nr. 6 wird frei bleiben.

Hedwig.

Du wirst gewiß hinkommen?

Hans.

Ja, natürlich! — zum Engel meines Glücks! . . . Was denkst Du Dir? Nicht ein Wort hab ich noch gefunden — heute — wo ich nichts anders denken sollte . . .

Hedwig.

O, laß doch, Hans!

Hans.

Dir dank ich's — Dir, Du meine süße Hedwig!

Hedwig.

Deiner Kunst, Hans!

Hans.

Hast Du sie nicht frei gemacht? Was wär ich heute?!

Hedwig.
Ach, grüble nicht!

Hans.
Sieh, reich ist, wer danken kann... Du hast mich mit Kraft und Mut in die Höhe gezogen. Du hast Dein Kindesrecht für mich hingegeben, als Deine Eltern Dich zurückforderten... Du hast Dich für mich zur Freiheit durchgekämpft, als die Behörden drohten, Dich ins alte Joch zu zwingen! Hedwig, nun möcht ich auch **Dein** Glück erhöhen!!

Hedwig.
Du Lieber, das geht doch nicht, wenn man schon **glücklich ist**!

Hans.
Wie bin ich arm und **Du** so reich!

Hedwig.
Du bist nicht arm — sagt mir's doch jeder Blick, daß Du mich **liebst**!

Hans.
So ist es, Hedwig. Ja, — so wird es immer sein (küssen sich).
Wie schön Du bist in diesem Kleid — laß Dich doch ansehn!

(es klopft.)

Hedwig.
Du, es klopft...

Zweite Scene.

Herr Adolf Reiser, Agent, tritt ein.

Reiser.

Sie entschuldigen . . .

{ *gleichzeitig.*

Wengler (ihm entgegengehend).
Ich habe die Ehre, Herr Reiser!

Reiser.

Mein Kompliment, Herr Wengler! Gnädige Frau! (Hedwig reicht ihm die Hand) Ergebenster . . . Ich will Sie für keinen Fall lang aufhalten.

Wengler.

Aber bitte sehr! Nehmen Sie vor allem Platz! (nimmt ihm Hut und Stock ab, legt beides auf einen nahen Fauteuil)

Reiser.

O, ich lege nicht ab (sich setzend.) Was fällt Ihnen ein! Ich bin nur gekommen, Ihnen die Verträge vorzulegen.

Wengler (der sich zu Reiser gesetzt — Hedwig hat etwas im Hintergrunde auf einem Sessel Platz genommen).
Sehr gut — ich danke . . . .

Reiser.

Wenn abends die Aufführung vorüber ist, so telegraphieren wir an die Leitungen jener großen Bühnen, mit denen wir Verbindungen haben, über den

Erfolg der Aufführung und erneuern unsere Anträge . . . Natürlich lauter Formalitäten . . . aber das ist heute schon einmal die Hauptsache.

Wengler (fragend.)

Ein Erfolg wird Annahmen zur Folge haben?

Reiser.

Na, das ist doch klar! — Die Leute suchen ja nach guten Sachen . . . Da werden Sie gleich sehen — nach 14 Tagen haben Sie die Antworten von einem Dutzend Direktionen — da müssen Ihnen dann w i r die Arbeit abnehmen . . .

Wengler.

Ganz richtig . . . Ich vertraue mich Ihnen sehr gerne an.

Reiser.

Sehen Sie also die Verträge durch und unterzeichnen Sie dieselben — immer, wo es heißt: Unterschrift des Komponisten . . .

Wengler.

Und die Legalisierung?

Reiser.

Wenn Sie das wollen . . . Morgen! Haben Sie Wünsche oder Bedenken, so teilen Sie mir das nur mit; im übrigen ist ja alles so abgefaßt, wie Sie es aus den Statuten unseres Institutes ersehen haben werden (giebt Wengler die Urkunden).

Wengler.

Ich danke sehr!

Reiser (klopft ihm aufs Knie).

Und nun, Herr Wengler, wie waren Sie mit der Generalprobe zufrieden?... (zu Frau Wengler.) Das wird ein Erfolg! — Das steht schon im Voraus fest (auf Wengler deutend). Wir können uns gegenseitig gratulieren.

Reiser.

Gnädige waren nicht bei der Probe?

Hedwig.

Nein — ich muß noch warten...

Reiser.

Begreife, gnädige Frau — Sie wollen gleich den vollen Eindruck haben... die Illusion ist ja abends n o c h größer...

(Zu Wengler.)

An meinem Urteil liegt gewiß nicht viel... aber das darf ich Ihnen vielleicht verraten... alle sind hingerissen von Ihrer Musik... Der Direktor, die Künstler — die Kritik — alle!

Über den Leuten liegt eine Stimmung, sag ich Ihnen, man merkt's deutlich, es geht heute was Großes vor in unserm Opernhause.

Wengler.

Ich bin sehr glücklich darüber...

Reiser.

Glücklich! Und was das für ein Glück ist . . . Sie! Wenn man sich eines Tages über die Nacht berühmt geworden sieht . . . Und morgen, Herr Wengler, sind Sie ein berühmter Mann!

Wengler.

Berühmt! Schließlich kann ich ja heut noch gar nicht fassen — was das heißt — berühmt sein!

Reiser.

Nur nicht zu bescheiden — das imponiert der Menschheit nicht! Wenn einer von **unsern** Künstlern so einen Treffer machen sollte, wie Sie mit dem „Götzenbild" — ich sag Ihnen — den sollten Sie sehn . . .

Wengler.

Sagen Sie doch, wie soll ich mich denn anstellen? — Der Direktor hat mir ganz dasselbe gesagt — wie Sie — zu bescheiden! Aber, ich meine, das ist so: Mein Werk ist fern von Glanz und Glück gewachsen . . . uns ist es ja nie gut gegangen . . . wir sind Menschen: von einem stillen Winkel, wo nur das Elend zu Hause ist — plötzlich da hereingekommen in die Welt . . . wir verstehn noch nichts von dem Glück und Glanz, die hier die Menschen umgeben . . .

(Zu Hedwig)

Wir kennen nur ein Glück — das **innere** — das allerdings, Herr Reiser — hab ich reich ge=

noſſen: in meiner Kunſt, der brotloſen Kunſt — und in der Liebe ... Hedwig, Du ſollſt auch zu Deinem Rechte kommen ...

Reiſer.

Glauben Sie mir, Herr Wengler, ſo einen Idealismus kann ich aufrichtig bewundern ... aber Ihr Erfolg hat noch einen Vorteil, den Sie doch gewiß ſchätzen können: ein ſorgenloſes Leben ... das iſt das Erſte für einen Künſtler ...

Wengler.

Das kann ich verſtehn — ja! d. h. das hab ich verſtehen gelernt!

Reiſer.

Da ſehen Sie! Ihre Kunſt iſt keine brotloſe ... und das iſt ja die einzige Art von Kunſt ... die, was wert iſt ... (ironiſch) wie viel Kunſt, wie viel Poeſie und Schönheit wird alle Tage begraben...

Hedwig.

Ein trauriges Begräbnis!

Reiſer.

und kein Menſch hat was davon gehabt ... Aber die echte Kunſt nährt heute ſchon ihren Mann ... Dieſe Kunſt iſt eigentlich ſchon ein großes Geſchäft! Denken Sie nur, wie viele leben davon! Der Komponiſt ... der Direktor ... die Muſiker ... die Schauſpieler ... der Verleger ...

Hedwig.

Eine große Familie!

Reiser.

Was für große Familie! Sehen Sie, und an das muß man alles denken, um zu wissen, was ein Erfolg wert ist... und nun wünsche ich Ihnen von Herzen — (schüttelt Wenglers Hand) einen großen, großen Erfolg! (ist aufgestanden).

Wengler.

Danke schön!

Reiser.

Und nun will ich Sie nicht mehr länger auf=
halten. Ihre Zeit ist heute zu kostbar. Heute hat jede Minute für Sie Gold im Munde!

Wengler.

Aber ich habe gar nicht Eile, Herr Reiser.

Reiser.

Gnädige Frau, (Hedwig geht ihm entgegen) ich küsse die Hand!

(Im Weggehen zu Hedwig.)

Ich habe Herrn Wengler schon verstanden, er wollte nur sagen... er hat nicht im Gedanken an den Erfolg geschrieben... Selbstverständlich bei einem ersten Künstler!

Auf Wiedersehen!

Wengler.

Ich empfehle mich sehr, Herr Reiser, auf Wiedersehen!

Reiser.

Ich habe die Ehre...

Dritte Scene.

Hedwig.

An das muß man alles denken, um zu wissen, was ein Erfolg ist!

Hans.

Und an den Kampf nicht und die heiligen Stunden... in denen der Künstler sein Werk hervorbringt.

Hedwig.

Die Kunst ist ein Geschäft, Hans!

Hans.

Du wunderst Dich! Aber das ist nun einmal so... die einen haben viel, — die andern wenig Seele... und oft scheint dem Ärmsten eine Sonne in die Wiege und seine Seele bekommt Licht — und kann Licht aufnehmen.

Dem hat keine geschienen...

Hedwig.

Und doch leben diese Menschen neben und mit uns.

Hans.

Ja, aber wir dürfen unser Licht nicht auf sie werfen, sonst werden sie uns gram!

So ist die Anna gewesen...

Wie war's doch! Wenn sie müde aus dem Zimmer schlich, zog ich in die andere Welt hinüber... und dann rang sich in Jubel los, was ich litt und dann war immer meine Seele der Deinen so nahe... wie nahe!

Hedwig.

Zwei Thüren trennten uns!

Hans.

Mich trennte nichts! — Ich war bei Dir, ohne daß Du es wußtest...

Hedwig.

Und ich saß in meinem Zimmer und dachte, wie ich Euch helfen könnte... Aber so ging es nicht!

Hans.

Nur sagt ich Dir's nicht... Das war mein Ehebruch!

Hedwig.

Die Menschen nennen Eure Ehe doch eine Ehe!

Hans.

Wenn die Seele nicht leuchtet, kann man keine Ehe schließen... Das hätt ich früher wissen sollen . . . aber die Anna war schön, wie Du! Jetzt wird sie alt sein, alt! . . . Und wir sind jung!

Hedwig.
Du hast sie gern gehabt — s i e ist gegangen . . .

Hans.
Ja, ja . . . Mein Geschäft . . . siehst Du, mein G e s c h ä f t hat sie g e h a ß t !! . . .

Hedwig.
Vorbei, vorbei! Geh' spiel mir doch das Lied!

Hans.
Das Lied hat sie auch gehaßt . . .

Hedwig.
Geh! Spiel's, spiel's, . . . spiel Deine Lieder! (Hans geht ans Klavier spielt und singt die Himmelsbotschaft. Ged. von Osk. Weilhart, komponiert von August Brunetti-Pisano . . . Internationaler Musikverlag, Leipzig.)

Hedwig (ihn küssend).
„Zieh mit!, zieh mit!" Dies Lied, Hans, spiel mir auch!

(Hans spielt die einleitenden Takte).

Hedwig (die Arme auseinander werfend).
Zieh mit! zieh mit! Ist's nicht ein uraltes Wanderlied!

(Man hört pochen.)

Vierte Scene.

(Anna tritt ein, bleibt zunächst in der Nähe der Thüre stehen.)

Hans (das Spiel unterbrechend).
Anna! (verhalten) Du!

Anna.
Ja, Hans!

Hans.
Wie kommst Du . . .

Anna.
Ich komme ungelegen . . . verzeih'.

Hans (konsterniert).
Anna ich . . .

Anna.
Wirst Du mir die Thüre weisen?! . . .

Hans.
Das nicht . . .

Anna.
Dann ist's recht, Hans . . . ich hab Dir viel zu sagen, **viel**!

Hans.
Und das ist?! Was willst Du von uns?!

Anna.

Von Euch will ich nichts, doch von Dir, Hans... Fräulein von Ihnen nichts!

Hedwig.

Weil Sie mich anreden, Frau Wengler —

Anna.

Sie erlauben wohl?

Hedwig.

Ich will Ihnen gerne gefällig sein... Da Sie von mir nichts wünschen...

Anna (wiederholend).

Von Ihnen nichts!

Hedwig.

Und nur mit Hans reden wollen... ich gehe einstweilen...

Anna.

Ja!... Wenn ich Sie bitten dürfte... es wär mir angenehm!...

Hans.

Aber ich will es nicht... Du kannst bleiben, Hedwig, wir haben früher auch keine Geheimnisse gehabt... und jetzt sind es wieder wir Drei!...

Hedwig.

Aber — wenn es der Frau schwer wird, Hans, in meiner Anwesenheit mit Dir zu reden... Ich fühl' es ja zu deutlich), . . . wenn Frau Wengler gekommen sind, anzuklagen . . .

Anna.

Anzuklagen?!

Hedwig.

So kann es nur meinetwegen sein! Mich müssen Sie hassen!!

Anna.

Hassen?!

Hans.

Bist Du deshalb gekommen, Anna?!

Anna.

Ich kann das nicht mit einem Worte sagen . . . es ist eine lange Geschichte . . . hör sie an, . . . dann richte!

Hans.

Ich kann nicht richten, Anna! Wo alle anklagen, ist jeder sein eigener Richter und muß sein Gesetz in sich tragen, dessen Weg er geht . . . Ja, Anna!

Anna.

Thränen von mir können Dich nicht mehr rühren . . . In Deinen Worten liegt der Sinn!

Hans.

Du irrst . . . ich habe Mitleid mit Dir! . . . (tritt ihr näher.) Anna, wie siehst Du aus?!

Anna.

Merkst Du etwas?!

Hans (sie bei der Hand nehmend, führt sie zum Tische).
Ich darf Dich doch bei der Hand nehmen...

Anna.

Das ist alles der Kummer und das Elend!

Hans.

Wir wollen ja nicht neue Wände aufrichten, die uns noch mehr trennten... Nimm Platz hier und lege ab...

Anna.

Ich will es thun. (Hans setzt sich zu ihr, sie legt ihr Kopftuch auf den Tisch.)

Hedwig (welche rückwärts im Zimmer noch immer am Klavier steht).

Die Stunde ist unglücklich gewählt, Frau Wengler. Wissen Sie, was heute in diesem Hause vorgeht?...

Anna.

Ich weiß es — Du bist an Deinem Ziel, Hans... und da bin ich heute gekommen, Dich zu fragen, wo ich denn stehe?!...

Hans

Das weiß ich nicht!

Anna.

Das weißt Du nicht?!

Hans.

Nein — aber wir wollen Dir die Wahrheit nicht verbergen, wenn Du sie hören willst.

Anna.

Ich bin nicht blind hierher gekommen.

Hans.

Nur fürchte ich, Du wirst sie nicht verstehn!

Anna.

Hör mich zuerst, Hans!

Hans.

Wenn ich Dir aber hernach nichts anderes zu sagen hätte, wie jetzt, wo ich noch nichts gehört?!

Anna.

Das glaube ich nicht!...

Hans.

Aber es ist so!

Anna.

Auch wenn ich Dir sage, Hans, daß der Vater ins Zuchthaus wandert... und das nur (deutet auf ihn) weil Du!...

Hans (aufstehend).

Ich!!

Hedwig.

Ach Gott, Hans, Du bist schuldig!?

Hans.
Was fällt Dir ein, Hedwig?!

Anna.
Es ist so, Fräulein!

Hans (zu Anna).
Du hast ein sonderbares Gefühl vom Recht!...

Anna.
Das Geld Hans, das Geld!

Hans.
Er hat gestohlen?!

Anna.
Pfui!

Hans.
Er ist ein alter Sünder!

Anna.
Hans, das ist verächtlich, wie Du sprichst!

Hans.
Brauchst Du mich wohl wieder dazu, Anna, daß ich Schuld und Sühne trage — für Eure Schuld — da kann ich Dir nicht dienen! Da wende Dich an den, der Dich hierhergeschickt... er hat Dich auch geholt und hinausgezogen!... An jenem Tage hab ich Dir zum letztenmale sagen

können: Geh mit mir! . . . als Du gingst, hast Du einem andern Menschen den Platz geräumt in meinem Herzen!

Anna.

Was Du redest, ist Sünde und Verbrechen!

Hans.

Das mag Deine Ansicht sein . . . wir haben eben andere Augen — ein anderes Herz — eine andere Seele . . . und fast meine ich, Anna . . . wir sind bessere Menschen wie Du! . . .

Anna.

Das redet sich leicht! . . .

Hans.

Du hast immer etwas gewollt, ob es auch dem andern recht war, ob es wahr gewesen — oder eine Lüge, das hat Dich nie bekümmert . . . doch! Die Schuld hast Du immer von Dir gewälzt. Wenn Du nun denkst, Anna . . . ich würde wieder Eure Schuld auf mich nehmen . . . (bestimmt) Nein! Das ist vorüber!

Anna.

Ich bin damals gegangen, um Dir Zeit zu lassen . . .

Hans.

Wozu?

Anna.

Ich hab' mir gedacht: versuch' es, ob Du Erfolg hast!

Hans.

Und dann?! . . .

Anna

Damit Du nicht sagen kannst . . . ich bin Dir im Wege gestanden . . .

Hans.

Und nun bist Du wieder gekommen?! . . . an dem Tage, Anna, der Dir unrecht giebt, wie keiner noch zuvor!!

Anna.

Aber Hans, Du hast nicht nur das Geld genommen, auch die **schöne Freundin**!

Hedwig.

Ich wußte es doch!

Anna.

Nun sag, ob ich lüge!! Wär's nur das Geld gewesen! . . . Dein Glück wollt' ich ja auch . . . da hab ich mir gedacht: Hinter Deinem Rücken betrügen Sie dich doch! . . . gut, so geh! Weißt du doch, wie Du daran bist . . . und so war es auch!!

Hans.

Das ist die Lüge! Ich bin Dir treu gewesen bis zur letzten Stunde . . .

Anna (höhnend).

Und eine Stunde später . . .

Hedwig.

Die bösen Worte kann man Ihnen gerne ver=
zeihen!

Anna.

Aber Ihnen Ihre Schlechtigkeit nicht, Fräulein!
Eine Stunde später seid Ihr schon beisammen ge=
wesen und hat man Euch gesehn!

Hans.

Ja, da hat uns der saubere Herr Bürgermeister
die Dorfburschen ans Fenster geschickt! . . .

Anna.

Das hat er nicht gethan . . . Das ganze Dorf
hat's gewußt, als ich beim Vater ankam, daß es
zum Bruch gekommen sei zwischen uns . . .

Hans.

Das Gerede ging von Euch aus!

Anna.

Man sagt seine eigne Schande nicht — die
Leute haben selber alles längst gesehn . . . Der
Vater aber hat seine Stelle niederlegen müssen . . .
und da hat man gefunden — daß es mit dem
Gelde nicht stimme und er ist verhaftet worden . . .
Das Geld aber hat er genommen, um es uns zu
geben . . . das war das Geld, Hans, das ich nach=
hause gebracht . . . auch für Deinen Erfolg . . .
Dein Erfolg ist teuer bezahlt, Hans . . . Mir hat

er alles genommen und dem Vater — ist er zum Ver=
brechen geworden! Du wirst dafür hinaufsteigen in
die sonnige Höh', von der Du immer geträumt
hast — wir aber hinab in den — Kerker!! . . .
Wenn sein Fluch — und noch mehr — nicht über
Dich hereinbrechen soll, Hans . . . dann kehre um!!

Hans.

Und zu Dir zurück?!

Anna.

Ich bin nicht gekommen, weil ich betteln muß . . .
ich kann ja arbeiten . . . aber ich habe ein heiliges
Recht! von dem ich nicht lassen werde! . . .

Hans.

Ein Recht . . . das Du selbst gebrochen hast —
nicht ich!

Anna (leidenschaftlich).

Ist es Dir nicht genug, Hans, daß ich komme und
Dir sage: ich kann Dir Alles vergeben . . .? Hans,
daß meine Liebe nicht tot geworden ist über all
dem . . . und was ich hier sehe . . . Alles soll
vergessen sein, aber sage nicht Nein!! . . . Denn
sonst werde auch ich rasen! . . . denn ich kann es
nicht mehr ertragen! . . . Sag, Hans, bin ich für
Dich tot?!!

Hans (bestimmt).

Als mein Weib?! . . . Ja, Anna!!

Anna.

Ja — (resigniert) Ja sagtest Du . . .

Hans.

Und das muß so sein! . . . aber was man sonst noch Pflicht nennt, das will ich gerne thun, und Du hast ja noch Kraft fürs Leben.

Anna (aufbäumend).

Hans, Du treibst mit meinem Blute Frevel! Ich bin ein müdes Weib!

Hans.

Ja, das ist es — siehst Du, daß Du Dich nie gesehnt, wie ich — gesund zu werden . . . jung! Du warst immer müde! Immer hast Du den Jubel gehaßt . . . aber das ist einmal des Lebens Sinn, daß es uns ein Jubel sei! Wenn frohe und glückliche Menschen um uns waren, so hast Du den Jubel und die Freude von Ihnen hinweggetragen . . . Wenn ich Dir die Sterne zeigte, Anna, hast Du nicht anders aufblicken können zum Himmel, als zu den trüben Wolken . . .

Anna.

Weil ich Deine Sterne nie gesehen habe!

Hans.

Ja, weil Du zu den Menschen gehörst, die in ihrem Leben keine Sterne sehen können! Aber es giebt zweierlei Menschen, und sie können nie mit= einander glücklich werden . . . die Einen wollen den

andern die Sonne vom Himmel holen und die
Andern nehmen ihnen weg, was sie glücklich macht
und froh!

Anna.

Wußte ich doch, Hans: Deine Sterne sind mein
Unglück . . . mir hast Du ja keine heruntergeholt! . . .

Hans.

Aber h i e r wohnt ein Glück, Anna! So ein
Glück ist ein Felsen! Den kann nur ein Starker
stürzen — Du nicht!! An diesem Glücke — ver=
sündige Dich nicht!

Anna (mit künstlicher Resignation).

Nun kann ich ja wieder gehn (ernst) . . . und
wenn ich wieder zu Hause bin . . . dann geh ich
zuerst in den Kirchhof zur Mutter . . . und dann
am vergitterten Fenster beim Vater vorbei . . . und
dann zum Teich hinunter . . . Der da oben, wird's
wissen, warum ich's thue! . . . Ist's Dir so recht,
Hans?

Hans.

Sünde um Sünde! Aber es gibt Augenblicke
und Fälle im Leben, wo einen niemand erhört . . .
Gott nicht, der Himmel nicht, das e i g e n e W e i b
nicht . . . und auch der T e i c h nicht!! . . .

Anna.

Auch nicht?!

Hans.

Das hab ich ja schon Alles durchgemacht . . . ich hätte damals auch in den Weiher gehen können . . .

Anna.

Du hast es nicht gethan.

Hans.

Wärst Du mir heute nachgegangen? . . .

Anna (höhnisch).

Du hast es nicht gethan . . . ich weiß warum, ich weiß!! . . .

Hans.

Das bildest Du Dir eben ein! Heut freilich ists zu spät, daß wir miteinander gehn . . . Ich hab Dir beide Hände hingehalten noch im letzten Augenblick und Dich zu mir gerufen und Dir gesagt: Auch Du kannst nur leben im Sonnenschein! Anna, verlaß mich nicht, ich will in die Welt hinein, wo sie lichter ist . . . Erst als Du gingst und mir die Liebe brachst — hab ich Dir die Treue gebrochen!!

Hedwig.

Umsonst, Hans — umsonst!

Anna.

Ich kann mich nicht so erniedrigen, und Dir zu Füßen fallen — aber ich frag Dich noch einmal, . . . (mit ganzer Leidenschaft) Hans! Denk auch an das Gute zwischen uns . . . liebst Du mich nicht mehr?! Hans mach Dich los von Deinen Ketten! . . .

Hans.

Ich trage keine Ketten mehr!

Anna.

Wenn Du nur ein einzigesmal an mich gedacht in Sehnsucht! . . . (wirft sich vor ihm nieder.) Wenn Du Erbarmen hast mit mir! Hans! Sieh'! Ich flehe um Deine Liebe!!

Hans.

Und ich kann Dich nicht erhören, Anna!!

Anna.

Hans! Hans!

Hans.

Ich kann nicht, Anna!

Anna (zu Hedwig).

Auch Ihr Herz ist Stein!

Hedwig (zu Anna).

Fluchen Sie mir nicht, Frau Wengler!

Hans (sich losmachend).

Ich kann nicht und wär ich ein Gott!!

Anna (stockend, mit markierter Verwirrung).

So werd' ich gehn, Hans! Gut . . . ich gehe wieder . . . leb wohl! . . . Geben wir uns doch die Hände! . . . ich habe nur Besuch gemacht! . . . Wie sagt man doch? . . . ich will Euch . . . ich will Euch nicht mehr länger aufhalten . . . Aber gebt mir doch die Hände! . . . (sucht mit ihrer rechten Hand in der Rocktasche und streckt die Linke vor) Die Hände!

Hans (schluchzend).

Anna! Anna!

Anna.

Wie hast Du doch gesagt . . . Die Welt soll mir ein Jubel werden . . . Das nehm ich mit!

Hans.

Geh nicht mit Haß, Anna!

Anna (dreht sich verlegen im Zimmer herum).

Wie schön es hier ist . . .

Hedwig (etwas geängstigt).

Frau Wengler?

Anna.

Das hab ich gar nicht gesehn . . .

Hedwig.

Frau Wengler!

Anna (sieht den zur Erde reichenden Spiegel).

Der Spiegel bis zur Erd'! Hans, geh

doch vor den Spiegel, damit ich sehe wie das ist . . .

(geht auf ihn zu, so daß er unwillkürlich zurückweicht und vor dem Spiegel stehen bleibt, in diesem Augenblick drückt sie aus einem Revolver auf ihn ab . . .).

Wengler (stürzt aufschreiend zu Boden).

Hedwig (auf Anna vorstürzend, zuerst aber wie der Ohnmacht nahe).

Elende! Elende!

Anna (wirft den Revolver weg).

Erwürgen Sie mich! Gegen Sie habe ich keine Waffe!

Hedwig (gegen Anna losgehend).

Elende!

Hans (röchelnd).

Hedwig, Hedwig!

Anna.

Ich habe mich gerächt!

Hans.

Hedwig! Einen Kuß!

Hedwig (stürzt bei ihm nieder, ihre Lippen berühren sich).

Anna (wie im Wahnsinn).
Liebst Du mich, Hans?! Liebst Du mich?!

(Ende des Stückes.)